原作 ハビエル・マリアス
Javier Marías
訳 砂田麻美／木藤幸江／杉原麻美
ノベライズ 百瀬しのぶ

女が眠る時

While the Women Are Sleeping

PARCO出版

Contents

原作翻訳版

While the Women Are Sleeping

三週間にわたり毎日見ていたというのに、いま彼らがどうなったかはわからない。おそらくもう二度と会うこともないのだろう。……少なくとも女性のほうとは。夏の旅先での会話なんて、何を打ち明けられても、どこにもたどりつくことはない。

彼らを見かけるのはたいがいビーチだった。人物観察には向かない場所だ。僕ときたら近視のうえ、パーフェクトに日焼けした顔に白いメガネの跡をつけてマドリードに帰るくらいなら、かすみがかった視界で周囲を見るほうがまだマシだと思っている。おまけに、コンタクトレンズは、ビーチだの海だの永久になくしかねないところではつけないと決めていた。

とはいえ、メガネケースを探して妻のルイーザのバッグをひっかき回したくなることもあった。言い訳するようだが、そうさせるのは妻で、妙な海水浴客の妙な行為を次から次に見つけては、ひっきりなしに実況中継してくるからだった。

「ああ。見えるけど、ぼんやりしてる。細かいところまではわからないけど」

ルイーザがとりわけおかしな人物を見つけて指さすと、僕はそんなふうに答えていた。目を細めてそちらを見やりはするが、物見心が満たされればまた元の場所に戻すだけなのだから、わざわざメガネを取り出す気にならなかったのだ。

するとある日、奇抜な豆知識や使える裏ワザの数々でいつも驚かせてくれるルイーザが、自分の帽子を僕に手渡して、「麦わらの隙間から見るといいわよ」と助言をくれた。帽子の内側から覗いてみると、まるでコンタクトをしているかのように見える。むしろ、視野はかなり狭くはなるけど、よりよく見えるほどだ。

それからは、僕自身の姿がかなりエキセントリックなバカンス客に見えたに違いない。リボンで飾られた女ものの麦わら帽子をしきりに顔に押しつけては、滞在しているフォルネルスそばのビーチを縦横に見渡しているのだから。

ルイーザはといえば、文句や不満をちらつかせることもなく、あまり好みではないながらも帽子をもうひとつ買って、顔を日焼けから守った。端正で無防備で、まだ皺(しわ)ひとつないその顔を。

ある午後は、イタリアからやって来た小さな船乗りのお手柄を楽しんだ。というのは、身につけたものといえばセーラー帽のみの生意気な一歳児のことで、僕らが互いにその動向を報告し合ううち、きょうだいや年上のいとこたちが作った砂の砦(とりで)を壊して回ったのだ。年かさのものたちがこれまでに築いてきた友好関係も間違いなく崩れ去ったことだろう。

また、その堂々たる行為の間に、どうやら海水をがぶ飲みしたらしいのだが、付き添いの大人たちはまったくの無関心だった。セーラー帽はたえず脱げ落ち、はだかんぼで海辺に寝転がるその姿は、蹴っ飛ばされたキューピッドのようだった。

別の日は、英国客で溢(あふ)れかえったこの島で、だるそうにやって来たある中年のイギリス男の横柄な発言を、彼が帰るまでずっと追っていた。

その男ときたら、気温に、砂に、風に、波についてだらだらと持論を垂れ流すのだが、まるで熟考した金言の数々を口にしていると言わんばかりの熱烈で大げさな言葉づかいだった。昨今珍しくなりつつある、何ごともおろそかにしないという信念があるのだろう。というか、俺様の発言はすべてユニークであるというような態度だった。まったく泳がず、海に入るとしても深みへは行かず、子どもたちの写真を撮る目的だけ。お腹まで波が来ても、胸は濡らすことなく岸へ戻るのだが、その間、あっというまに風に吹き散らされようとも、さらなる忘れがたきご託宣をつぶやき続けた。また、カメラをまるでラジオのように片耳に押しつけている姿は、僕の目には、しぶきがかかったかもしれないと心配し、故障はないかと素朴に調べているように見えるのだった。

そしてある日、僕たちは彼らを見た。というより、彼らが僕たちの視界に入ってきた。まずはルイーザの、続いて〝メガネ帽〟を通した僕の視界に。

以来、お気に入りとなって、毎朝、そうしている意識もないまま、場所選びの前にその姿を捜していた。

あるときは、彼らより先にビーチに着いてしまったが、すぐに、唸りをあげる巨大なハーレー・ダビッドソンに乗って現れた。男のほうがハンドルを握り、ストラップを締めずに垂らしたままの黒いヘルメット姿で、女は彼にしがみつき長い髪をなびかせていた。

駆り立てられるようにふたりを観察し続けた理由は、目をそらすことのできない、それは希有（けう）な光景を見せてくれたからに尽きるのだと思う。人間が他者を愛おしむ崇高な姿を。

古式ゆかしき法則にのっとり、男が愛おしむ役を果たし、対する女は向けられる愛に頓着しない。美しく、けだるげで、受け身かつ生来の憂いに満ちた偶像だった。

僕らがビーチで過ごす毎日三時間の間ずっと（彼らふたりはもっと長くいた。たぶんシエスタもビーチで、もしかしたら日没までも）、彼女はほとんど動かず、することと言えばそれはもう自分の美容関連のことだけだった。

まどろんだり、たいていは横になって目を閉じ、うつ伏せに、仰向けに、横向きに、また反対向きになっては、日焼け止めを塗った輝く腕と脚をいっぱいに伸ばして、身体中くまなく、脇の下や内股、もちろんお尻も影にせず、日焼けするようにしていた。

ビキニのボトムは極小で、完全に脱毛した部分をさらしている。ときおり身体を起こして座り込むと、長い時間、膝をかかえてネイルを塗ったり、小さな鏡を手に傷やむだ毛がないかを調べて過ごしていた。頭や肩にとどまらず、意外な箇所、つまり肘だのふくらはぎだの、お尻、乳房、腿の内側、おへそなんかに鏡（間違いなく拡大鏡だろう）を向けているのを見るのは奇妙な気がした。小さなビキニのほかに身につけているのは、ブレスレットといろいろな種類の指輪。八つはくだらない指輪が指に鈴なりだ。海に入っていく様子はほとんど見なかった。

よくいる美人と言えば簡単だが、その表現では足りないし、曖昧すぎる。むしろ、ありえないほど完璧な夢の美女と言っていい。〝美人〟と聞いて子どもが思い浮かべるような（その子どもが変態でもないかぎり）、完全無欠の美、汚れなく穏やかでおしとやかで不動、肌は白く胸は豊か、目はつぶらで、つり上がってもおらず、そしてその唇ときたら対称形、つまり上唇と下唇が同じ形で、両方とも下唇かという感じなのだ。

要するに、漫画か広告に出てくる美女、なんでもいいわけではなく、薬局にあるような、あえて官能的な雰囲気は排除した広告風の美女だった。

連れは、太っちょとか肥満体とさえ言えそうな、三十以上は年上の男性だった。禿げた男の例に漏れず、抜けた部分を補えると信じて、何の効果もないが、残った髪を前に流すローマンスタイルにし、たっぷりとした口髭をたくわえている。

そしてまた、この海辺にあっては着るもので年齢をごまかせるのではないかと、ツートンの水泳パンツを穿いていた。右足がライムグリーンで左足が紫色。この水着は彼の巨体が許すかぎりの小ささで、右足左足などと呼べる部分はないといったほうがいい。そんなわけで、いつか裂けるのではないかという恐れにさらされているせいか、挙動がどこか抑えぎみだった。

というのも、男はビデオカメラを手に、たえず機敏に動き回っていたからだ。連れの美女が何時間も長々と寝そべってまったく動かないのと対照的に、彼女の周りをぐるぐると飽きもせず撮り続けていた。

つま先立ったり、ふたつ折りになったり、砂の上に仰向けで、また腹ばいでパンショット、ミディアムショット、アップにしたりトラッキングやパノラマで、上から下から、顔全体、横から後ろから。彼女のだるそうな顔を、柔らかに丸めた肩を、たっぷりとした乳房や大きめのお尻を、ひきしまった腿、小さいとは言えない足、丁寧に塗られた足の爪、足裏もふくらはぎもむだ毛のない股のつけ根と脇の下も。太陽に誘発された汗の滴(しずく)や、ともすれば毛穴までを撮っていた。

とはいえ、そのなめらかで均一な素肌には毛穴も皺(しわ)もニキビもないようで、お尻をそこなう肉割れのひとつもなかったが。

この太った男ときたら、休憩もそこそこに、毎日続けて何時間もただひとつの光景を記録していた。隣にいる、ありえない美女の不動不変。一日がすり減っていくうちに色を変える砂と海にも、遠くの木々や岩にも、空ゆく凧(たこ)やはるかな船にも彼の興味は向かなかった。ほかの女たちにも、幼いイタリアの船乗りにも、横暴なイギリス人にも、またルイーザにも。

その若い女性に何かしてくれということもなかった。ゲームの相手をしろとか、何かやってみろとか、ポーズをとれとか。来る日も来る日も映像を撮っていれば満足そうだった。半裸の彫像のような姿、ゆったりと無抵抗な肉体、表情少ないかんばせと閉じられているがきっと気むずかしいだろうまなこ、折り曲げた膝、かしいだ乳房、頬からそっと何かをつまみとる人さし指。

ルイーザや僕やほかの誰の目にも繰り返しと冗長としか映らないものに、男はずっと、忘れがたくたまらぬ魅惑に満ちた光景を見ているに違いなかった。絵画鑑賞をしていると、そんなふうに、ひとつの絵が変幻自在で心吸い込むものに見えてくることがある。ほかの作品の存在を忘れ、時間の観念を失い、注視の習慣も失せていく。そして、ただ見ているだけの状態に置き換わる。というか、……陥ってしまう。そうなっては日常に支障をきたすので、ふつうは避けるものなのだが。


ふたりは、おしゃべりや会話にもならない短い言葉を、ほんのときどき交わすのみだった。どちらが話をやめるというわけでもないが、女の肉体が障壁になっていた。彼女のほうはその手入れに没頭しているし、彼もまたカメラのレンズを通してその肉体を見ることに熱中している。

実のところ、男が撮影をやめて、しかとその目で、瞳と女の間に何も置かずに見ているという場面は思い出せない。それを言うなら、僕のほうだって似たようなもので、ふたりを近視のベールか〝拡大帽〟を通すか、どちらかで眺めていたのだが。

僕ら四人の中でただひとりルイーザだけが、苦労も道具もなしに、すべてを見ることができた。あちらの女性が他人に目をやったとは思わない。彼女の鏡は身体の点検精査のためのものだし、ときには高価そうな宇宙旅行めいたサングラスをかけてしまうのだった。

「今日は太陽が熱いなあ。日焼け止め、もう少し塗ったほうがいい。ヤケドしたくないだろう」

その愛してやまない肉体の周囲を回るのをやめて、太った男が言う。そしてすぐに答えが返ってこなければ、母が子の名を呼ぶかのように、彼女の名前を口にする。

「イネス、イネスったら」

「ええ、たしかに昨日より暑いわ。でもSPF10を塗ったから」と、しぶしぶ、ようやく聞こえる声でイネスが答える。その間も毛抜きであごの産毛を抜きながら。

そして会話は終わるのだった。

ある日、ルイーザが言った。

……というのも、僕らの間には会話があったものだから。

「ほんとうのこと言うと、イネスみたいに撮影されるの、私なら楽しめない。緊張するもの。まあ、あの太った人みたいにずうっとあんなふうにされたら、最後は慣れちゃうだろうけど。イネスみたいにお手入ればかりするようになるかも。だってあんなに気をつかうのって、いつも撮られてるからよね。あとでビデオを見るんだろうし。……いつか孫も見るかもしれないものね」

ルイーザはバッグをひっかき回して小さな鏡を取り出し、自分の目をじっと見た。太陽にあたると、虹色の斑点(はんてん)の散ったプラムの色に見える。

「だけど、どこの孫があんなつまらないビデオに時間の無駄づかいをしたがるのよ。

今日もこれからずっと撮影するんだと思う？」

「じゃないかな」と、僕は言った。

「どうしてビーチにばかりいるのかな。彼女の裸を見る口実にしているのかも」

「裸を撮影したいんじゃないと思う。ずっと撮ってるんじゃないかしら、寝てる間だって。感動しちゃう。あの人、彼女のことしか考えてない。イネスも大変よね。気にもかけてなさそうだけど」


その夜、僕たちはホテルでダブルのベッドに入ると、互いにさっさと自分の側に陣取った。僕は横になったまま、先ほど書きとめておいた今日の会話のことを考えていたが、寝入ることはできず、長い間、闇の中で眠っているルイーザを見ていた。月だけが彼女を照らしている。

「イネスも大変よね」と言っていたっけ。

妻の呼吸はとても穏やかで、島のホテルの静まり返った部屋の中、かすかに聞こえるだけだ。身体は動かなかったが、まぶただけは別で、その下では目がはっきりと動いていた。まるで昼日中（ひるひなか）にやっていることを夜しないのは性に合わないとでもいうように。

太った男も起きているんじゃないだろうかと僕は考えた。うるわしいイネスのまるで動かないまぶたを撮っているかもしれない。それとも、シーツをはぎとり、眠る彼女にそれは注意深くいろいろな姿勢をとらせて撮影をするとか。ネグリジェをたくし上げたり、それともネグリジェもパジャマも着ていないなら、脚を開いたりとか。

ルイーザは夏にはネグリジェもパジャマも身につけないが、まるでローマ時代のトーガのようにシーツを身体に巻きつけて、両手でおさえて寝ている。でも肩やうなじはときおりむき出しになることもあるので、気づくと僕が覆い直してやるのだ。

僕は起き上がると、眠りがやってくるまでの時間をつぶそうとバルコニーへ向かった。そこで手すりごしに乗り出して空を見てから目を降ろすと、プールの脇にあの太った男がひとり座っているのを見た気がした。暗闇に水が星を映す中で。

最初は彼だとわからなかった。口髭がなかったからだ。服装はツートンの水着と同じく、みっともなくてちぐはぐだ。ゆるいシャツはバルコニーからだと黒く見えるが模様があるようで、明るめのズボンはごく淡いブルーと思われるが、すぐそばにあるだろう水の照り返しかもしれない。足下は赤いモカシンなのに、海辺に不似合いな靴下はズボンと同じ色のようだ。……これまた水に映った月光のせいなのか。花柄のラウンジチェアのアームに肘をのせ、その手に頭を休めていた。カメラは持っていなかった。あのふたりが同じホテルに滞在しているとは知らなかった。毎朝、フォルネルス北のビーチで見かけるだけだったからだ。

男はひとりで、ビーチでのイネスのようにじっとしていたが、眠そうなゆるんだ体勢から、ときどき頭と肘を逆向きに変えた。手に顔をうずめ、足をたくしこんだその姿は、疲弊とも、緊張とも、ひとり笑いしているとも見えた。

やがて、脱いだのか、たまたまか、靴が片方落ちたが、すぐに足を伸ばしてとろうとするでもなかった。そうして靴下のままの片足を草の上に置いたままで、救いようのない様子だった。とにかく四階にいる僕からはそう見えた。

音を立てないように気を配りつつ、暗い中で服を着て、ルイーザがトーガ風シーツでしっかりくるまれているのを確認した。僕が起き出しても目を覚まさなかったが、眠りながらもいなくなったと感じとったのか、いまや両脚を僕の側に突き出して、ななめに寝ている。

何時かも見ずにエレベーターでくだり、夜勤のポーターの前を通ると、これからギロチンにかけられるんじゃないかという姿で、頭をカウンターに載せて心地悪そうに寝入っていた。

時計は上に置いていきてしまった。すべてが静けさのうちにあり、ただ僕の黒いモカシンがたてるかすかな音だけだ（ちなみに僕は靴下は履かない）。

プールに通じるガラス戸を引き明け、外の草の上に出て、また閉めた。

太った男は顔を上げ、ドアのほうを一瞥（いちべつ）してすぐに僕の姿を認めたが、淡い光のみでは誰だかまではわからないようだった。

「髭を剃（そ）ったんですね」と、人さし指を上唇の上に走らせながら言った。そんなことを言うべきなのか、心もとなかったが。答えを待たずに、横まで歩いていって隣のストライプのラウンジチェアに腰をおろした。

彼の目にカメラなし、僕の目に帽子なしで顔を合わせるのは、これが初めてだったと思う。人好きのする顔に、鋭い目つき、目鼻立ちは不細工ではなく、ただ太っているだけだ。禿げてもハンサムというやつだと気づいた。俳優のミシェル・ピコリとかピアニストのリヒテルみたいな雰囲気だ。

口髭がないと若く見えた。それとも赤いモカシンのせいだろうか。片方はまだ草の上で裏返しになっている。若く見積もっても五十歳というところか。

「ああ、きみか。服を着てるからわからなかったよ。会うときはいつもお互い水着だからな。眠れないのかい？」

「ええ」と僕。

「部屋のエアコンの効果がなくて。外のほうが気持ちよさそうだ。ちょっとご一緒してもいいですか？」

「もちろんかまわない。アルベルト・ヴィエナだ」と、男は僕の手を握った。

「バルセロナから来た」

「こっちはマドリードからです」と言って、僕も自分の名を告げた。

沈黙がおりて、僕は迷った。島とか休暇についてつまらない私見でも話すべきか、ビーチでの妻との人間観察についてこれまたくだらないコメントでも。その人間観察から興味が湧いて、プールにいたこの男のところへ来たわけだが。……ああ、あと不眠症のせいもある。上の部屋で輾転反側しているか、いっそルイーザを起こしてもよかったけれど、そうはしなかった。

　僕の声はほとんどささやくようだった。誰かに聞こえるとは思えなかったが、ルイーザと夜勤のポーターがぐっすり眠っている様子を見たせいで、声を上げたら彼らの安眠を妨害する気がしてしまい、僕のひそひそ声がただちにヴィエナの話し方にもうつった、というか影響した。


「ビデオカメラにご執心のようですね」

ひと呼吸、ためらいを経てそう言った。


「ビデオカメラ？」

彼はわずかに驚き、時間を稼ぐようでもあった。

「ああ、あれか。いやいや、カメラを集めているわけじゃない。撮ることに興味があるわけでもないんだ、確かにいつも使っちゃいるけど。きみも見ただろう、あの彼女なんだよ。あの娘だけでほかは撮らない。撮影の経験もないし。実に明快だと思うけど」

　彼はなかば面白がり、なかば恥ずかしそうに、小さく笑った。

「ええ、もちろん、妻も僕も気づいていました。あなたが彼女に向けている愛情が、妻はどこかうらやましいようです。並々じゃないですからね。僕なんか普通のカメラさえ持っていない。まあ、結婚してだいぶ経ちましたし」

「カメラを持っていない？　物事を記憶しておきたくないのかい？」と、ヴィエナはまったくわけがわからないというように聞いてきた。僕が推測したように、彼のシャツには柄があった。いろんな色の椰子の木と碇とイルカと船の舳先。しかし、上から見たとおり地の色は黒だった。ズボンとソックスはやはり薄い青のようだが。

「もちろん、そうしたいですけど、ほかの方法でも記憶できると思いませんか？　記憶自体がカメラみたいなものだし。といっても覚えたいことを覚えて、忘れたいことを忘れるというわけにはいきませんが」

「何をばかな」とヴィエナが言った。よそよそしいタイプではなく、ざっくばらんな人柄なので、そんな言葉も彼が言うと、気持ちを逆なですることがない。彼はまた小さく笑った。

「記憶にあるものと、この目で見ることができるものじゃ比べものにならないよ。起きたことそのままを見られるんだ。何度だって見返せる永遠なもので、瞬間冷凍するようなものだぞ？　何をばかなことを」と繰り返した。

「おっしゃるとおりです」と、僕は同意した。

「でも、彼女を四六時中撮るのは、のちのち思い出すためとおっしゃいましたよね。女優さんだとか？　毎日撮ってるんだから、よっぽど時間がないということですよね。でも、毎日撮っていると、撮影したものが脳裏から薄れる暇もないし、おっしゃるような誠意をこめてビデオを見て彼女を思い返す必要もないのでは。それとも、ふたりとも年をとって、ミノルカ島の夏を刻一刻再体験したくなるまで、ビデオをしまい込んでおくということですか」

「いやいや、全部とっておくわけはない。短い断片だけ、まあ三～四か月にテープ一本ってとこだよ。あの娘は女優でもなんでもないしね。ここでも、家でも、一日待って前日のテープを消去しているだけなんだよ。わかってくれるといいが。ずっと二本のテープをかわるがわる使っているんだ。今日はこの一本、明日はもう一本、それであさってには最初のテープに撮るから、今日のが上書きされる。明日はそんなに撮る時間もないんだ、バルセロナに帰るんでね。休暇は終わりだ」

「なるほど。でも、うちに帰ったらどうするんです？　撮ったビデオの総集編を作るとか？」

「そうじゃないんだ。保存するために編集版のビデオも作っておくんだ。四か月ごとに一本くらい作ってはしまい込む。毎日撮影するのは別ものだよ。一日おきに消去されるんだ」

時間が遅かったからかもしれないが、やはり全体としてはよくわからなかった。特に二番目の説明の部分だ。会話が向かった方向にも興味が持てなかった。

彼の言葉を借りれば、編集版のビデオで編集とかいうものと、日ごとに上書きされるテープについて。おやすみを言って部屋に帰ろうかとも考えたが、眠くなかったし、戻ればしまいには話し相手になってほしくてルイーザを起こしてしまうだろう。

「じゃあ」と、僕。

「結局消してしまうのに、どうして毎日撮るんですか？」

「彼女が死んでしまうからだよ」と、ヴィエナは言った。

彼は靴下のままの片足を伸ばすと、大きなつま先を水に浸け、ゆっくりと前後に動かした。足は伸びきってかろうじて水面に触れるというところ。しばらくの間、口がきけなかったが、彼が水をかき回すのを見ながら、僕はたずねた。

「ご病気ですか？」

ヴィエナは唇を閉じ、頭に片手を走らせた。まだ髪の毛があって、それをなでつけているように。過去のしぐさだ。考えているのだ。やっとのことでまた口を開いたが、答えたのは僕の最後の言葉へではなく、その前の質問にだった。

「毎日撮影しているのは彼女が死んでしまうからなんだ。だから、最期の日、最期になるだろう日の記録をとっておきたい。しっかりと覚えておけるように。編集版のビデオとあわせて、死んだあとにも好きなだけ繰り返し見られるように。何もかも絶対に覚えておきたいんだ」

「ご病気なんですか?」と、もう一度聞く。

「病気じゃあない」

今度は考える間もなく彼が言った。

「少なくとも私の知るかぎりは。でもいつかは死ぬんだ、確実に。周知のとおり。人はみんな死ぬが、彼女の姿は保存しておきたい。誰の人生でも最期の日は特別だから」

「もちろんです」

彼の足を見ながら、僕は言った。

「用心していらっしゃるんですね。たとえば事故にあうかもしれないし」。

それで、ほんの一瞬だが、ルイーザが事故で死んだとしたら、思い出すよすがになる写真などたいして持っていない、いやほとんどないと思った。ビデオなんて一本もありはしない。無意識に目を上げて、ヴィエナを観察したバルコニーを見やった。どこにも灯りはついていない。

ヴィエナはまた考えにふけっていたが、やっと自ら足を引き上げると、靴下の端が濡れて黒ずんだまま、草の上に戻した。

彼は会話の流れが気にくわないのではないかと思い始め、やはり挨拶をして部屋に上がろうかと考えた。そう、突然部屋に帰りたくなったのだ。ルイーザが死んでなどおらず、眠っていると確かめたい。シーツにくるまれ、たぶん片方の肩をむき出しにして。かといって、一度始まった会話を、そんなふうに放棄もできはしない。ヴィエナは何かしゃべっていた。いまやささやき声ではなく、ぶつぶつとひとりごとを言う調子で。

「すみません、いま、なんて？」と、たずねた。

「いや、事故になんてあうわけないんだよ」と彼は答えたが、いきなり大声になって、ひとりごとと人に話す音量をはかり間違えたかのようだった。

「声を下げて」

僕は不安になって言った。そんなふうに感じる理由などないのに。誰にも聞こえるはずはない。またもやバルコニーを見上げたが、どこも暗闇のうちにある。誰ひとり起きたりしていない。

ヴィエナは僕の命令調に驚いてすぐに声を小さくしたが、話をやめるほど驚いたというわけでもない。

「あの娘が事故にあうわけはないと言ったんだよ。でも、私より先に死ぬのは確実だってことなんだ」

「病気でもないなら、どうして確実だなんて？　あなたのほうがずっと年上だ。ふつうならあなたが先に死にますよ」

ヴィエナはふたたび笑い声をあげ、膝をさっきよりも伸ばして靴下のままの足全体を水に沈め、ゆっくりと重たげに回し出した。さっきよりも重そうなのは、幅広のでっぷりとした足全体が水に浸かっているからだ。

「ふつうね」と、笑いながら彼は言った。

「ふつうとは？」と繰り返す。

「あの娘と私の間にふつうなんてものはない。というか、ふたりの関係において、ふつうのことなど今も昔もありはしない。子どもの頃から知っているんだ。わからないか？　心底愛しているんだ」

「わかっていますよ、愛していらっしゃるのは一目瞭然です。僕だって妻を、ルイーザを愛していますよ」そうつけ加えたのは、イネスへの愛が尋常ではないという彼の考えに対抗するためだ。

「ただ僕たちはほとんど同い年だ。どちらが先に死ぬか、誰にもわからない」

「きみが奥さんを愛していると？　笑わせないでくれ。カメラのひとつも持っていないのに。ありし日の姿を覚えておくことにも、失って、二度と会えなくなってから思い出すことにも関心がないんじゃないか」

今回は、太っちょヴィエナの言葉にややカチンときた。不躾（ぶしつけ）じゃないかと思った。

しかし、そのあとに続いた自分の沈黙の中に、傷ついたような、不本意な感じを、また恐怖すらも見出した。もう何もたずねる気も起きず、彼が言いたいことを聞くしか選択肢がないようにも感じた。

彼の出し抜けで無神経な発言が、完全に会話を征服したかのようだった。また、その恐怖は過去形が使われたことにもよるのだと思った。ルイーザのことを指して「ありのままの姿」とでも言うべきところを、「ありし日の姿」と言ったのだ。

この男を置いて部屋に上がろうと決めた。僕はけっこうな怒りを感じていた。ところがひと呼吸置いて、ヴィエナが口を開き、切り上げるタイミングを逸してしまった。

「きみが言ったことはまったく正しいが、どっちが先に死ぬかを割り出すのは天才じゃなくてもできる」と彼は言った。

「本当は先に死ぬほうを知るのはきわめて難しい。知りたければ、それそのものになればいいんだが、わかってもらえるかな。死ぬ順という摂理を破壊するのではなくて。……それは不可能だから、摂理そのものになればいいんだ。

いいかい、私がイネスを心底愛していると言ったら、それは文字通りの意味なんだ。

心の奥底から溺愛しているんだ。言葉のあやとか、たとえばきみと私で共有できる意味のないおきれいな表現なんかじゃない。

きみが言うところの〝愛している〟は、私の〝愛している〟とはなんら関連がない。ほかにないから同じ言葉を使うが、意味は同じじゃないんだ。イネスを愛している。初めて会ったときからずっと愛しているし、きたる年月も愛していく。だからこそそれほど長くは続かない。

……この気持ちをあまりにも長い間、まるで不変のまま持ってきてしまった。やがて耐えられなくなるだろう。……いや、もう耐えられない。だからいつか、もうガマンならないとなれば、あの娘は私のために死ななくてはならない。私がこの愛に耐える力をなくしたときに。いつか、彼女を殺さなくちゃならないんだ。わかるか？」

そう言うとヴィエナは水から足を引き上げ、ぼたぼたと滴を落としながら濡れそぼったシルクの靴下ごと、注意深く不快げに草の上におろした。

「風邪をひきますよ」と僕は言った。

「靴下を脱がないと」

ヴィエナは僕が忠告した通りに、機械的に無頓着な様子で水浸しの靴下を脱いだ。いくばくかの間、手にしていたが、またもや怪訝な顔をして二本の指でつまんで椅子の背にかけると、靴下からは水がしたたり落ち、濡れた衣類の匂いがした。

片足ははだし、片足は薄青い靴下とまがまがしいほどに赤いモカシンという姿。むき出しの足は濡れ、靴下の足はすっきりと乾いている。はだしのほうから目が離せなくなっていたが、何かを凝視しているのは逃げ道だったのかもしれない。聞いたことから逃れるための。重要なのはヴィエナの足で、その発言ではないというフリをするための。

「いつかイネスを殺さなくちゃならないんだ」

「何を言ってるんですか？　どうかしてるんじゃないですか？」

会話を続けたくはないのに、まさに彼が答えたくなる言葉を放ってしまった。

「どうかしてる？　これから話すことは、私の目から見れば、完璧に筋が通っている」

とヴィエナは答え、またもや存在しない髪の毛をなでつけた。

「イネスのことは子どもの頃から知っている。七つのときから。いまや二十三歳だ。あの娘の両親とは、五年前まで親友だったが、いまはつきあいがない。まったくもって当然だろう。十八歳の娘が出ていき、自分たちの友人と暮らすというんだ。それは怒るさ。

ふたりは私とは縁を切った。イネスも似たようなものだ。昔はよく彼らの家に行ったもので、そこでイネスに会って、愛するようになったんだ。イネスもそうなったが、愛し方はもちろん違ったね。自分でもそうとはわかっていなかったが、私には一目瞭然だったので、準備して待つことにした。彼女がしかるべき歳(とし)になるまでの十一年間を。せっかちに動いてすべてを台なしにしたくなかったし、最後の数か月は私のほうが彼女を押しとどめる側だった。〝病的な執着〟だと言う人もいるかもしれないが、私にとっては〝真実の愛〟だ。

イネスが十八になる頃には、自分が五十近いとわかっていたから、彼女のために節制した。よくよく気をつけたよ。だが、体重はどうしようもなかった。年をとると新陳代謝が落ちるんだ。……あと、頭髪もね。それについちゃ、いまだにろくな特効薬はないし、そうだな、わかってくれると思うが、カツラはあまりにみっともないだろう。

とにかく十一年間ジムに通い、健康的な食事を心がけ、三か月ごとに健康診断を受けたんだ。手術なんてことになったらゾッとするからね……。女は避け、病気を避け、それにもちろん内面の準備も怠らなかった。

たとえばあの娘と同じレコードを聴いたり、ゲームをやってみたり、TVの子ども番組や何年分ものCMを見たり……。コマーシャルソングはみんな知っているよ。読書のほうも、まあ、ご想像どおり。まず漫画から。次に冒険もの、恋愛ものをかじって、学校で勉強するスペインとカタロニアの国文学、『マネリックと狼』、そういったもののすべてを読んできた。いまでもイネスがたまたま手にとったものは読んでいる。主にアメリカ人の作家だが何百とあるよ。

テニスとスカッシュはよくやるし、スキーも少々、それに週末にはよくマドリードかサンセバスチャンまで競馬を見られるように出かけていった。祝日といえば、あらゆる村に馬と騎手たちを見にいった。バイクに乗っているのにも気づいたろう。私の着ているものも。もちろん、夏には服なんかなんだっていいんだが」

ヴィエナは、あたかも全身の服装のことなんだと言わんばかりに、右手を表情豊かに躍らせた。

「言ってること、わかるかい？　この年月ずっと私はイネスと平行する人生を送ってきたんだ。……ちなみに本職は、離婚専門の弁護士なんだが。まずは子ども時代、続いて思春期が来て、ゲームだって得意になった。映画には一緒に行けないから、殺し屋やら宇宙人やらのティーンムービーをひとりで見に行った。そうやって平行に生きてきたが、ぶつ切れの人生だ。流行を追いかけていくのはありえないほどきつい。若者は次々と興味の対象が変わるからな……。

きみは奥さんとほとんど同い年だと言ったが、話す内容は似たようなものだろう。楽なことだな。そうじゃないのがどんなだか想像できるか？　会話に長い沈黙がおりてしまうのがどんな感じか。面倒なのは、あらゆることを説明しないといけないってことだ。自分の過去や自分の時代に関するあらゆる話題、引用、ジョーク。気に病んでいる暇はない。長いこと待たなきゃならないうえに、自分の過去をなかったことにして、できるだけイネスと、イネスの通っていく日々と同期する過去を作らなければならなかったんだ」

ヴィエナは言葉を止めた。ほんの一瞬。目は暗闇とプールの照り返しに慣れていた。

ここはリゾートだ。腕時計をしていない。ルイーザは眠っている。イネスも眠っている。自分たちの部屋で、ダブルベッドをななめに占領して。ふたりとも眠りの中で、僕たちを恋しく思っているかもしれない。そうでもないか。解放されてほっとしているのかもしれない。

「そんな努力ももう終わりだ。もはや意味がない。意味があるのは、私のこの愛、並ぶものなき愛情だ。十六年前に感じていたのとまったく同じなんだから、近い将来、変わるはずもない。変化したとしたら身の破滅だ。あまりにも長い間、この身を捧げてきた。イネスの成長に、教育に。ほかの生き方なんかできないんだ。

でも、彼女はそうじゃない。子どものときからの夢、ずっとこだわってきたことを叶えたんだ。五年前に一緒に暮らし始めたときは、私と同じくらいか、いやもっと幸せに思っただろう。わが家はすべて彼女好みにしつらえられているんだからね。

だけど、イネスという人間はまだ発展途中だ。目新しいものにめっぽう弱いし、外の世界に惹かれている。ほかに何かないか、私を越えたその先に待っているものは何かと、探してばかりいるんだ。それを理解してないなんて思わないでくれ。真逆だよ。

こうなることは予見してはいたが、だからって少しも楽になるわけじゃない。人間はみんなたったひとつしかない自分の人生を生きるようになっている。自分の望みに沿わない人生を受け入れられるのは、望みを知らない人間だけだが……、実は大半がそうなのさ。

　人は好きなことを言う。自分に勝つだの、犠牲にするだの、寛容、受容、忍従の精神だの……、嘘っぱちばかりだ。降って湧いてきたとか、なんとなくできてしまった、たまたま手に入ったものはすべて自分が欲したからだと、一般の人間は考えたがる。自分自身の望みをもともと持っていなかっただけなのに……。

　私の愛情は過剰なほど望む。それこそが愛なんだ。待たざるをえなかった時の長さだって過剰だ。いまだって待ってはいるが、待つことの性質は逆転してしまった。手に入れたくて待っていたものが、いまや終わることだけを願っている。贈り物が届くのを待っていたのに、いまやなくなってしまえと願っている。成長を待っていたのに、いまは朽ち果てるのを願っている。私だけでなく、イネスもそうなってしまった。それこそ、私が受け入れがたいことなんだ。

　仮定の話ばかりしてやがると思うだろうな。前もって予測できることばかりじゃない。

前に自分で言ったように、死ぬ順番だってわかりゃしないじゃないかって。ふたり一緒に年老いていく人生だってありうる。しかしそうだとして、これから永(なが)の年月を共にするのだとしても、この愛のおかげで同じ結論に行きつくんだ。それともこの愛が息絶えるのを私が許せると思うかい？　イネスが年老いてしおれていくとしたら、唯一存在する解決法に頼らざるをえないと思わないか？

　すなわち、先に死なせてやるってことだ。七歳のときから……、七歳だよ、あの娘を知っていながら、五十代になって、いや四十代だってだ、子どもの頃のおもかげを失ったのを見て耐えられると思うかい？　そんなバカな。そりゃあまりにもご長寿な父親に、我が子の老齢を祝ってやれというようなものだ。親にとっちゃ、子どもが老人になるのを見るのはごめんだ。そんな姿は飛び越えて、いるとすれば孫ばかり見るようにするものだ。時間というものは常に、もともとあったもの、今あるものと対立するんだ」

　ヴィエナは両手に顔をうずめた。僕が上から見たときのように。その姿勢は、笑いをこらえてなどいたのではなく、もう少しで彼の正気をかき乱しかけた恐慌状態のあらわれだったのだ。

僕の部屋のバルコニー、ほかの無数のバルコニーをまた見上げたが、やはり静けさと暗闇に包まれて無人のままだ。まるで、バルコニーの奥には、窓と網戸の奥、いくつも並ぶ同じ部屋の中には、寝ているものなど誰もいないかのようだ。……ルイーザも、イネスも、誰ひとり。ヴィエナは顔をおおったまま、またしゃべり出した。

「つまり、時間はなんの解決にもならない。この愛が消え失せるのを見るよりは、彼女を殺したほうがいい。彼女に置いていかれるくらいなら、この愛が対象を失って長らえるくらいなら、彼女を殺したほうがいい。できるだけ引き延ばしはするが、時間の問題だ。だから万一のために、毎日イネスを撮影しているわけなのさ」

「自殺を考えたことはないんですか？」

僕はうっかり口走ってしまった。ずっと彼の話を聞いてしまったが、そう望んだのではなく、ほかにどうしようもなかったからだ。この会話に荷担しないためには何も言わないのがいい、異議も助言も挟まず、反対も同意も驚愕（きょうがく）もしない、打ち明け話の単なる聞き手として振る舞うことがいちばんだと感じていたのに。

目がかゆくなってきた。身体からシーツが滑り落ちて、ルイーザが起きてくれればと願った。いないと気づいて、僕のようにバルコニーに出てくれれば。見下ろして、プールのそばに、月が水面に投げる弱い光の中、僕を見つけて呼び戻してくれればいいのに。

座って話を聞いている間に、これからは新聞を念入りに読まなくてはと思った。女が男の手にかかって死んだという見出しが出るたび、氏名がわかるまで記事をくまなく読むはめになる。なんて面倒な。死んだ女がイネスで、殺した男がヴィエナではないかと恐れ続けることになるのだ。

しかし、嘘なのかもしれない。この島で、女たちが眠る間に、彼が語ったそのすべてが。

「自殺？　それじゃ意味がない」

顔から手を離しながらヴィエナが答えた。僕を見たその表情は驚くというより面白がっているように、闇の中では見えた。

「イネスを殺すほうがもっと意味がないでしょう。死んだあとに映像の彼女を愛し続けたいからって」

「いいや、きみはわかってないね。これまで話してきた理由から、彼女を殺してこそ私には意味があるんだよ。人間、どう生きたいかという明確なビジョンがあれば、生きることを簡単にあきらめたりしない。僕もそんな人間だ。実にまれなタイプなんだ。だから、どう言ったらいいかな……。殺しは、処刑同様、男のなすべきことだが、自殺は違う。あれは男にも女にもよくあることというだけだ。さっき、イネスは私を越えた向こうにあるものを予感していると言ったが、私の向こうには何もない。とにかく彼女にとっちゃ、無なんだ。まだそのことをわかっていないかもしれないが、直視するべきだ。もし私が自殺するなんてことがあれば、筋が通らないが、私の向こうに何もあるはずがないんだ。わかるね？」

ヴィエナの足は乾いたようだが、ラウンジチェアの背にかけた靴下はまだ草の上にぽたぽたと滴をしたたらせていた。湿り気が、靴ごしに自分の足にも届く気がする。あの濡れた靴下を履いたらどんな感じなのか想像がつく。

僕は左足の靴を脱いだ。右足の黒いモカシンで足裏を掻こうとするかのように。

「なぜ僕にこんなことを話すんですか？　通報しないか、心配じゃないんですか？　朝になったらイネスに話してしまうんじゃないかとか」

ヴィエナが首の後ろで指を組んでラウンジチェアの背によりかかると、禿頭が濡れた靴下に触れた。すばやく反応して身体を起こすさまは、あたかもハエが肌をかすめたかのようだ。僕がバルコニーにいたうちに、いつしか脱いでおいた赤いモカシンを履き直したが、なぜだかその行為が彼の漂わせていた救いようのない雰囲気を散らし、この会話ももう終わるかもしれないと僕は感じた。

「犯意の段階では通報できないんだ」と男は言った。

「明日、バルセロナに発つ。きみと私は二度と会うこともないだろう。早く出るのでビーチに行く時間もない。明日になったら、きみはこのすべてを忘れている。思い出したくもないだろう。まじめに受け取っちゃいまい。どうなったかを知ろうともしないし、奥さんにこの話を聞かせもしない。心配させることはないじゃないか。……きみは心の底では私の言ったことを信じたくないからな。心配せずともなんとかなるさ」

ヴィエナはためらったが、言葉を続けた。

「そうは思わないかもしれないな。でもイネスに警告しようとするなら、流れを速めるだけだぞ。明日、殺さないといけなくなる。わかるな？」

ふたたびためらいを見せ、男は空を、月を見上げ、水面に目を落とした。そして、あの恐慌の姿勢に戻って、手で顔を覆ってから話を続けた。

「それに、明日、きみがイネスに話をできるかなんて誰にわかる？　今夜、ここに来る前に私が殺してしまっていないと言えるか？　もう死んでしまったから、打ち明けているのかもしれないじゃないか。どんなときにも人は死んでいく。誰だって子どもの頃から知っていることだ。きみが下で私と話している間に、眠ったままにしてきた奥さんが、死んでしまっていないとどうしてわかる？　今この瞬間に死につつあるかもしれない。イネスがすでに我が手にかかって死んでないとどうしてわかるんだ？　だからここに来る前に髭を剃ったのかもしれないだろう。イネスも奥さんもかもな。

ふたりとも寝ている間に死んでしまっていないと、どうして言い切れるんだ？」

そんなことは信じない。夢の美女イネスは休息している。八つの指輪はベッド脇のテーブルに置かれ、豊かな乳房は安らかにシーツにおおわれ、呼吸は規則正しく、あの対称形の唇は子どものように半開きで、恥毛のない股間には、女が夜の間に分泌するあの不思議な液がかすかに残っている。

ルイーザは眠っている。僕の目に映った、端正で無防備で、まだ皺ひとつない顔、まぶたの下で落ち着きなく動く眼、まるで昼日中にやっていることを夜しないのは性に合わないとでも言うように。……イネスの目とは違う。あの娘の目はいまや微動だにしないだろう。眠るうちにかの並びなき美貌を養生する必要がある。

ふたりとも眠っているのだ。……だから、バルコニーに出てきていないのだ。僕がいない間にルイーザが死んだりするものか。どれだけ不在が長くても。

衝き動かされて僕は、部屋を、僕のバルコニーを、バルコニー全体を見上げた。そのひとつにトーガ風のシーツで包まれたルイーザの姿を見つけ、二度僕に呼びかけるのを聞いた。僕の名を口にする、母が子の名を呼ぶかのように。

僕は立ち上がった。けれど、イネスのバルコニーには、それがどこであろうと、誰の姿もないのだった。

映画ノベライズ版

女が眠る時

ざわざわ、ざわざわ。
今でも目を閉じれば聞こえてくる、夏の会話。
あの夏、僕らはたしかにあの場所にいた。
僕も、きみも、そして、彼も、彼女も。
そう。
僕は毎日彼女を見た。
それなのに……。
今となっては、彼女がそこにいたのか。
その確信でさえ、どこにもたどりつくことはない。
ほんとうは今でも、会いたい。
そう思っているはずなのに——。

DAY 1

夏の午後。

じりじり、じりじり、と、蝉（せみ）の声がする。

健二（けんじ）と妻の綾（あや）は、リゾートホテルのプールサイドにいた。プールの水面は、きらきらと太陽の光が眩（まぶ）しい。健二たちが座っているリクライニングチェアには濃いブルーのバスタオルがかけられ、同じ色のパラソルも並んでいて、実に色あざやかだ。さらにその向こうには浜辺が、そして、青い海と空が広がっている。

ふたりは三十代の夫婦だ。健二は三十代後半、綾はそれよりいくつか年下。綾はオレンジ色のビキニ姿で、ショートカットのヘアスタイルに麦わら帽子をかぶっている。その姿は実にさっぱりとしていて上品だ。健二は水着にTシャツ姿で、ここに着いてからずっと洋書を読んでいた。旅行に持ってくるには洋書のほうがいい。日本人作家の作品を読むより、頭が軽く、気楽になる。

それにしても眠かった。列車旅の疲れのせいもあってか、さっきからあくびが止まらない。

ふわあ。

健二の眠気がうつったのか、綾も隣で小さくあくびをしている。健二は、ふと顔を上げて目の前のプールを見た。ちょうど陽に焼けた外国人が、弛んだ腹からぽたぽたと水を垂らしながらプールサイドに上がってくるところだった。思わず目を逸らすと、十代の少年がふたり、おもちゃの銃を撃ち合いながら、じゃれ合っているのが目に入ってきた。

健二は読んでいた本をぱたんと閉じ、サングラスをかけ、目を閉じた。水色の空とプールの光景が、次第に静寂に包まれる。もう一度目を開けると、サングラスの上を、夏の青い空にひとすじの雲が流れていくところだった。

ひこうき雲を見た日は、いいことがある。

健二も、あのプールではしゃいでいる少年たちぐらいの年の頃は、そんなことを信じていた。でもそんなことも、もうずいぶんと前のことだ。そんなことをふと思いながら、薄く笑みを浮かべてふたたび目を閉じ、眠りに落ちていきそうになったとき……。

「ねえ、健二」

隣のチェアから、綾の声が聞こえてきた。けれど、まぶたが重くて開かない。

「ねえ、ちょっと見て、あれ」

「ん？」

とりあえず返事はしたものの、健二はまどろみの中にいた。

「ゆっくり起き上がって向こう側のふたり見て」

綾はずっと健二を呼んでいる。できればこのまま眠っていたいけれど……。しかたなく言われた通りゆっくり目を開けて、サングラスをはずしてみた。わざとらしくのびをしながら空を見上げて、プールの反対側に目を向ける。

と、そこには、六十代ぐらいであろう恰幅(かっぷく)のいい男と、その娘、いや、ひょっとするともっと若いかもしれない美しい女がいた。男は見るからに裕福そうだ。仕立てのいい長袖シャツを羽織っている。

女は白い、小さなビキニを着ていた。男とは対照的にほっそりとしたその肉体は、ビキニからすらりと伸びている。細く、長い手足は遠目から見ても眩しいほどだ。なんといっても、健二がハッと目覚めてしまうほどの、完璧な美しさだった。最初は関心がないようなふりをしてすぐに目を逸らしてみたものの、やはり気になって、もう一度目を向けた。

「親子じゃ、ないよね、どう見ても」

綾の言うように、どう見てもふたりの関係は親子ではないだろう。ルックスも似ても似つかない。けれど……恋人同士、ましてや愛人だなどとも考えたくはなかった。

「どういう関係なんだろう?」

「さあ……」

ごく普通の声を出したつもりなのに、自分で思ったよりも険のある声が出てしまった。

「うらやましい?」

綾が健二をからかうように笑う。なんだか核心をつかれたような気になって、健二は黙り込んだ。

「やっぱりロリコン文化なんだな、この国は」

綾は呆れたように言った。

「日焼け止め、塗っておこうか」

対岸で男が言うのが聞こえた。いや、聞こえたわけではないのだが、口の動きでわかった。サングラスをはずした男からは、どこか小動物のような黒目がちの目が覗いている。

「ああ、うん」

女がうなずいて、男にくるりと背を向けた。男はバッグの中にあった日焼け止めのボトルを手に取る。女は男に背を向け、まっすぐに背筋を伸ばし、片脚は立て、片脚は床に伸ばした。そのポーズがまた、なんとも美しい。そして今度は両膝を抱えた。男は女の背中に、日焼け止めを塗りはじめた。表情ひとつ変えず、ていねいに、ていねいに。塗り残しはないだろうかと、細部までチェックしている。

健二は白く、華奢な女の長い手足と、小さな顔に目を奪われていた。

「ちょっとぉー、大丈夫ですか？」

綾が、呆れたように声をかけた。

「ああ……」

健二はようやく、我に返る。

「うらやましいんでしょー？」

もう一度、綾が言う。けれど健二は答えずにいた。

「もしもーし？　こっちも塗ってもらっていい？」

綾は椅子の下に置いてあった鞄から日焼け止めを取り出して、はい、と、健二に差し出した。

「ああ、うん」

健二は日焼け止めのボトルを受け取り、綾のほうを見もせずに、おざなりな態度で身体に塗りつけた。

「ちょっ、冷たあい！」

綾が健二を睨んだ。たしかに、先ほど男が女の背中に塗るていねいな手つきとは、まったく違ったかもしれない。

「ごめんごめん……」

多少は反省したものの、健二は綾の肩越しに、男と女のことを気にしてしまう。男が若い女の耳もとで何かを囁く。女はくすくす笑いながら男の太腿を叩いている。その女の笑顔を目に焼きつけておきたいような、いたくないような、不思議な気持ちだった。健二は、女が男に向けた笑顔を頭の中から振り払おうとして首を振った。

とりあえず、手に持っていた日焼け止めのふたを閉める。

「はい」

ボトルを綾に返す。健二からボトルを渡された綾は、一瞬不満そうな顔をした。けれど、とりあえずは文句も言わずに鞄にしまった。そして立ち上がり、プールに近づいていく。綾は水の中に入り、優雅に泳いでいった。プールの向こう側にいる男と女は、目を閉じてチェアに横たわり、日光浴を再開する。

健二はチェアに横になった。一羽のとんびが、ひらりと頭上を舞っている。健二は目を閉じ、手を伸ばして綾の麦わら帽子を取ると、顔にかぶせた。風が帽子のリボンを大きく揺らす。

「綾がはじめにシャワーを浴びてくれれば？」

健二はそう言ってくれた。

「それじゃあ……」と、最初にひとりでバスルームに入ったものの、「健二も一緒に来たら？」と、綾が呼ぶと、健二は一瞬ためらいつつも入ってきた。微笑む綾に健二は目を合わせず、さっとシャワーだけ済ますと出ていった。健二と綾の場合、いつも綾のほうが積極的だ。

シャワールームを出ると、健二は白シャツとジャケットスーツ、綾はブルーのノースリーブのワンピースに着替えた。綾は軽くメイクも済ませて、波の音が聞こえるカフェに出ていく。

「このパンケーキのセットをひとつとって、ふたりで分けて食べようか」

綾の提案に、健二も賛成した。そもそも、健二は日常生活に関してはあまり主張しない。ほとんど綾にまかせている。それに、先ほどプールサイドであの若い女を見かけてから、気もそぞろだった。

ドリンクと軽食が運ばれてきた。綾と健二がつまみながら話しはじめる。

「綾！」

そこにホテルの制服を着た女性が、満面の笑みで近づいてきた。髪をひっつめた、いかにもてきぱきとしたホテルウーマンといった雰囲気の女性だ。

「うわー、恭子、久しぶり！」

綾も、思いきり笑顔を振り返す。健二も慌てて、立ち上がる。

「このたびはようこそいらっしゃいました」

ふたりはまさに感動の再会といった表情で抱き合った。綾の学生時代の友人、恭子だ。

「お世話になります」

健二はナプキンで口を拭いながら、頭を下げた。

「ふたり、はじめてだよね？」

綾が健二と恭子、それぞれの顔を見る。

「そうなの、結婚式のとき、私ひとりめが今にも生まれそうで欠席させていただいたから」

恭子はそう言うと、健二とお互いにはじめまして、と、挨拶をかわし合った。

「そうだったよね」

綾はそう言って、恭子に座って、と声をかけた。

「いいのいいの、仕事中だから。どうぞ座ってください」

恭子が言う。

「すみません、いろいろよくしていただいたそうで」

健二は腰を下ろしながら言った。

「いえ、とんでもない」

恭子はそう言うと、あ、そうだ、と、笑顔で切り出した。

「小説読みました！　かなり前ですけど」

「ありがとうございます……」

健二は引きつりながら笑顔を作った。

「どこの本屋でも山積みされてて。うちの母、わりに読書家なんですけど、絶賛してました。これがデビュー作で書けるなんて、綾のだんなさまはすごい才能だって」

「……いえ……そんなことは」

健二としては、もうこの話題は終わりにしてもらいたい。できれば綾も、だ。健二の小説が話題になったことなど、ずいぶん前のことなのだから。

「二作目も書いてらっしゃるんですか？」

恭子はにこやかに尋ねてきた。綾はチラリと、健二の表情をうかがう。

「二作目は……もう五、六年前に」

あの当時、清水健二、待望の二作目、という感じでずいぶんと文芸誌などで紹介された。もちろん、綾の出版社の文芸誌でも、だ。けれど、結局その二作目は次第に話題にされなくなった。増刷もされていない。そして健二は、それ以来まったく注目されなくなった。

「やだ、ごめんなさい、じゃあそれも読まなきゃ」

恭子はとりつくろうように言った。

「今、三作目も書いてるよね？」

ね？　と、綾が健二の顔を覗き込む。

「いや……それは……」

健二はしどろもどろだ。

「すごいな、才能あるんですね。まあ、綾のだんなさまだから当然か」

恭子のその言葉が、かえって辛い。

「ちょっと……。出版されたらすぐに送るからね」

綾が作り笑顔を浮かべて言った。

「いいえ、自費で買います。でもサインは欲しい」

恭子が笑顔で言い、綾も、そしてもちろん健二も笑った。三人は和やかな笑みを浮かべたが、一瞬、その場はしんと静まり返った。

「もう今日から仕事？」

話をまたもとに戻したのは、恭子だ。

「今日はさすがに。明日から」

「ね？」と、綾が健二の顔を見る。

「打ち合わせ？」

恭子が尋ねた。

「ううん。担当作家がこの近くに住んでて、最後の追い込みなの。七十二歳」

綾は肩をすくめ、苦笑いを浮かべた。

「七十二、追い込むの？」

恭子が目を丸くする。

「顔出さないと機嫌悪くなるから。今どきそんな作家いないのよ。正直あんまり売れてないんだけど、巨匠気分だけは抜けないみたいで」

「ご主人は小説家で妻は編集者か。都会のカップルだなあ、もう」

「やめてって」

ポンポン軽い調子で会話が進んでいく綾と恭子の間で、健二はさっきからずっと居心地悪そうにしている。もともと健二は口の重いタイプだ。

「この前も里香（りか）が家族で遊びに来てね。綾の話してたよ」

恭子が言う。綾と恭子の同級生たちは、三十代半ばにさしかかり、子どもが大きくなってきたこの頃はこのホテルにもよく遊びに来るようだ。

「なんの話？」

「いろいろ。いい話よ」

健二にはわからない、ふたりの共通の友だちの話が進んでいく。さすがにもういたたまれなくなったのか、健二は立ち上がった。

「ふたりで積もる話もあるでしょうから、ごゆっくり」

「ああ、ごめんなさい」

恭子が慌てて立ち去ろうとするけれど、

「いえいえ、とんでもない」

健二は恭子をとどめた。

「一週間、どうぞごゆっくりとご滞在ください」

恭子は言った。

「お世話になります」

健二は会釈をし、その場を立ち去った。すこし歩いてから、健二がカフェの入り口で振り返った。

「何、何、何？　ちょっと教えなさいよ」

恭子は健二のいた席に座り込んでいる。

「あのね、知ってるでしょ？」

「ん？　あれ？」

「そうそう、ここだけの話……」

「言わない、言わない」

「ホント？」

綾もこのときには、健二といるときには見せないような、邪気のない顔に戻って、恭子と顔を近づけていた。

健二がホテルの庭に出てくると、もうすっかり夕方になっていた。オレンジ色に染まる砂浜を見渡すと、潮の香りが何とも心地いい。

ふと気づくと、先ほどプールで見かけた年配の男と若い女が砂浜を歩いているのが見えた。ふたりは肩を並べて、無言でゆっくりと波打ち際を歩いている。日焼け止めを塗っていたときの、耳元で囁き合っていたり、無邪気な表情で太腿を叩いたりしているときの様子とは全然違う。ふたりとも深刻な表情で歩いていた。

プールと浜辺を隔てる生垣に佇んでいる健二に、彼らは気づいていない。健二は、ふたりを食い入るように見つめていた。


夕食を終えて、綾と健二はラウンジバーのカウンターにいた。

「東京のきどった店よりはずっとおいしかったね」

綾はナプキンで口元を拭った。

「残してたくせに」

健二は呆れたように言う。

「ちょっとだけじゃない。気前よすぎて量が多いんだもん」

「……」

そんなことを言われても。健二はため息をついている。

「ねえ、飲食ってほとんどが場所代でしょう？」

「うん……」

あまりこの話題には乗り気ではない健二の顔を、綾は首をかしげながら覗き込んだ。

そして、無精髭に手を伸ばした。

「もう剃っちゃいなさいよ、どうせあと数か月の命なんだし」

健二は添えられた手を、わずらわしそうに払いのける。

「どうしたの？」

綾は健二を見た。健二の表情は、暗く、冴えない。

「何が」

「ちょっと」

「ん？」

「言ってよ」

「……なんだよ？」

健二はわけがわからなそうにしている。

「恭子と話してたことが気に障ったの？」

「別に」

「その別にって言うのやめてよ」

綾が口をとがらせる。

「綾も言うだろ、よく」

健二は言った。

「そもそも書いてないだろ、今」

「三作目を書いてるよね？」と、さっき綾は健二に尋ねたが、その、いかにも書いてほしそうにするのが、負担なようだった。それは綾にもわかっている。わかっていて、わざとそうしているとも言える。人と会っているとき、綾は健二にそう尋ねることが多い。人と会っているときが、健二に聞くチャンスだからだ。

「書くでしょ？」

綾は、ついにふたりでいるときまで尋ねた。

「誰が」

「健二が」

「何を？」

「小説よ」

「なんで綾が決めるんだよ」

「健二が決めないから……」

「小説書くのは決めるとかそういう話じゃないだろ」

「そんなことないよ、みんな小説家は締め切りがあって書いてるよ。心の底から沸き上がってくる何かなんて待ってたら、今いる小説家の半分は消えちゃうって」

「綾は俺の編集者じゃないから」

「健二の一番駄目なところは決断しないところだと思う」

「何が」

健二はムキになって尋ねた。

健二の一番駄目なところ。決断しないところ。優柔不断なところ。

それは、言ってはいけなかった。たしかにその言い方はよくないかもしれない。けれど……綾はついつい苛ついてしまった。

「つき合いはじめるのに二年かかった。結婚までは八年。私が言わなかったら、せっかく書いた小説を新人賞に出すまであと三年はかかってたでしょ？」

「ああ。全部綾が決めてくれたおかげです」

健二が不愉快そうに言う。

「……でも、就職してほしいって言ったのは私じゃないから」

「わかってるよ……」

「子どもひとりぐらい私だけでも全然養えるんだし……」

もうそろそろ子どもが欲しい。望んだのは、綾だ。たしかに、綾ひとりの収入でも十分やっていける。それでも、と、健二はこの秋に再就職することを決意した。だからこの無精髭もあと数か月の命なのだ。

「もうその話はいいよ」

健二は綾の言葉を遮った。

「おんなじ話」

ふたりの間に、しばし沈黙が走った。

そう。ここに来る前、来るまでの列車の中……。これまで何度この話をしたことだろう。何度も何度も、同じことを繰り返してばかりだ。

ふたりの間がまた静まり返る。

「もしも俺がもう一生書かないって言ったらどうする？」

沈黙を破ったのは、健二だ。

「どうもしないよ」

綾が即座に答えた。

「そうかな？」

「何も、あなたには才能があるんだから、書くのをやめるなって言い続けるだけ。死ぬまで」

もう一度ふたりは、しばらくの間黙った。そう答えた健二を、綾はすこし睨みつけながら笑った。そして手を伸ばし、健二の額にかかった前髪に触れる。結局、いつもこうだ。健二のほうが年上なのに、綾にとっては可愛い存在だ。

「部屋に戻りましょう」と、綾は言った。

「来て」

部屋に入った途端、綾は健二を誘うように笑った。もう一度シャワーを浴びるのももどかしいようだ。綾は、いったいどこでそんな技を覚えたのだろう。ベッドになだれ込むようにしながら、健二の腕を引っ張り、自分もワンピースを脱ぎ、黒い下着姿になる。

今日の綾はいつもよりもさらに積極的だ。健二の上に乗り、身体のあちこちに手を這わせ、声を上げる。けれど、どこか機械的に、おおげさになっていくようにも思えた。そのせいか、健二はどんどん冷めてきてしまう。綾が、健二の下着に手を伸ばしてきたけれど……。

「……ごめん。今日ちょっと、駄目だ」

健二は謝った。お酒を呑んだせいではないと思うのだけれど、どうしても身体が言うことをきかない。

「そっか、仕方ないね」

綾は苦笑いを浮かべ、健二の頭を撫でてくれた。その表情が、いいんだよと慰めてくれているようにも見えて、健二はさらに冷めてしまった。プライドも傷つけられた。

できれば離れていてほしい。ひとりにしてほしい……。一瞬そんな思いが頭をよぎった。けれど急いで打ち消し、健二は綾を抱きしめた。

腕の中で、綾が目を閉じた気配が感じられる。綾は満たされたのだろうか。やがておだやかな寝息が聞こえてきたけれど……。

窓の外には、遠く、波の音が聞こえてくる。


それからどれぐらい時間が経ったただろう。健二は綾の身体から腕をはずし、ゆっくりとおろした。健二は綾に聞こえないように、小さくため息をついて天井を見上げた。そして立ち上がり、ベッドを抜け出した。

鞄を開け、そっとまさぐり、オイル式のライターを取り出してみる。暗い中で取り出し、ふたたびもとに戻すと、今度は薬が入っている袋を取り出した。薬の袋には『入眠剤』の文字がある。ここ数年、健二が病院でもらってきているものだ。旅先にも持ってきている。

これを飲んで寝よう。そう思って中から一錠取り出し、ペットボトルに手を伸ばした。でも……。途中でやはり飲むのをやめて、薬を袋に戻す。

Tシャツと短パン姿になり、バルコニーに出た。手すりに両手をかけて下を覗き込むと、プールの底が青く、キラキラと光っていた。

しばらく経っても眠れず、健二はプールサイドに降りていった。昼間、綾と座っていたチェアに腰かけて、ライトアップされたプールを眺める。上階のホテルの窓を見上げると、どの窓も暗かった。八階の一番端にある健二たちの部屋も、もちろんだった。

おや？

そんな中で、向かいの一階の窓がひとつだけ、オレンジ色の光で灯(とも)された。そっと立ち上がって、部屋に近づいてみる。

もしかして、部屋の主は……。

足音を立てないように、バルコニーのすぐ下まで歩いていった。するとそこは健二が予想した通り、昼間、プールサイドで見かけたあの美しい女の白い水着が干してあった。健二はそっと柱の後ろに立ち尽くしたまま、部屋の中の男と共に、ベッドに眠る女を見つめていた。

DAY 2

翌朝。

綾と健二は朝食を終えた後、前日と同じようにプールサイドに出ていった。すでに陽射しは、東の空から南の高い位置まで昇っている。

昨日と同じ場所には昨日の男と女がいた。綾と健二もプールサイドに出てきたときから気がついている。けれどお互いに何も言わなかった。

若い女はチェアにちょこんと座っていた。細く、長い脚。その小さな膝の上にさらに小さな握りこぶしのような頭を乗せて、ペディキュアを塗っている。朝はあまり得意ではないのだろうか、表情は、けだるい。

男は、女の後ろに腰かけ、何やら話しかけていた。そして女の爪に手を伸ばして、ゴミを取ってあげている。女はごく薄い反応しか返していない。

「また座ってる、あのふたり」

そこで綾が健二に声をかけた。健二は今気がついたようなふりをして、ああ、と薄い反応を示した。今日はサングラスをかけていない健二には、陽射しが眩しいのだろう。左手で目の上にひさしを作りながら、ふたりのほうを見ていた。

その不自然な様子を見て、

「使ったら」

綾は健二に麦わら帽子を差し出した。

「使うって?」

そう尋ねる健二に、綾は、帽子を顔の前に当ててみなよ、と、手で示した。なんだよ、と怪訝(けげん)な表情をしてみたものの、健二は言われた通りに帽子を顔の前に押し当てている。

「見てみなさいよ」

綾は、さらにジェスチャーで示して見せた。健二はリボンのついた女ものの麦わら帽子を顔に当てて、粗い網目の隙間から目を凝らしてみた。おそらく、陽射しの隙間から、女の姿がしだいにはっきりと見えていることだろう。

女は身体をくるりと回転させた。ビキニのボトムに指を入れ、わずかに位置を直している。次に女の指が、程よい大きさの胸の谷間を這う。不思議なことに、こんな遠い距離からでも、女の一粒の汗が、張りの良い太腿をツーッと流れていくのがわかる。触れたこともないのに、女の身体の質感までも手に取ってわかるようだ。

女は太腿の内側にある傷のようなものを気にしはじめた。座り直し、そばに置いてあったポーチから毛抜きを取り出して右手で持つ。左手には小さな手鏡を持ち、太腿の内側や肘、胸、へそ……と、あらゆる場所を確認していく。

そろそろ帽子を返してほしい。

目を閉じて横たわっていた綾は、しばらくすると目を開けて、健二のほうを向いた。

「ね、帽子を返して」

片方の手を差し出したけれど、健二は気づかない。いや、気づかないふりをしているのだろうか。まだ帽子を借りたままでいる。綾は起き上がって、健二のほうを向いた。健二の顔の前には、綾の帽子のリボンが舞っている。

綾はしばらく、健二を見ていた。

「そろそろ行かない？」

綾ははっきりと声を上げて言った。健二は帽子を顔からすこし離して、綾を見た。それでもしばらく、そのままだ。綾はため息をひとつつくと、部屋に戻っていった。健二はリボンのついた麦わら帽子を手に持ったまま、間抜けな姿でぼんやりと残されていた。

そのとき、男と女の前を突然大学生ぐらいの若い男性が通り過ぎた。女の前を通り過ぎるときに、視線を投げかける。女もその視線にしっかりと気づいて、一瞬、反応している。ふたりは同じ歳ぐらいだろうか。男は、通り過ぎた若い男性ではなく、女がどんな視線の動きをしているかを見逃さなかった。そして健二は、若い女だけを見ていた。綾はホテルの中に戻っていく途中で振り返り、それらの動きをしっかりと見ていた。

綾と健二は部屋に戻った。健二はソファに座り、ホテルのメモパッドを左手でまさぐっていた。右手の指に挟んだ鉛筆をぐるぐると回転させながら、今にも何か書き出しそうな様子で、物思いにふけっている。

綾はシャワーを浴びて、白いスーツに着替えた。今日は午後から仕事だ。七十二歳の作家に会いに行く。鞄に仕事道具を詰め終えると、ソファに無造作に置かれた健二の脱ぎっぱなしのズボンやシャツを拾い上げて、寝室に運んでいく。

「どこに行っても変わんない人ね。脱いだら脱ぎっぱなしなんだから」と、綾は寝室からぶつぶつ文句を言った。でも健二が何も返事をしなかったので、綾もそれ以上は何も言わずに、ふたたび部屋に戻ってきた。

「仕事が終わると飲みたがる人だから、今晩遅くなると思う。先に寝てて」

綾は鏡を見ながらピアスをはめた。

「うん」

健二は頭を上げた。

「外出ないし、いいか、これは」

綾は一度麦わら帽子を手にしたものの、すぐに戻した。

「じゃあ、行ってくるね」

「はい、気をつけて」

健二が声をかけてくる。

「吸わないでよ」

部屋を煙草(タバコ)臭くされたらたまらない。わかった、と健二が返事をする前に綾は背中を向け、ぱたんとドアを閉めて出ていった。


パソコンを開いて文字を打ち出す前に、健二はランニングに出かけた。スニーカーを履き、キャップをかぶって、外に出る。海辺の街は、高低差がありながらも東京より気温も高くなく、走りやすい。たっぷりと汗はかいたが、心地よく走ってホテルに帰ってきた。

シャワーを浴びて、ビールでも飲もう。すこし昼寝をするのもいいかもしれない。そんなことを考えながらロビーに戻ってくると、あの男と女が廊下を歩いてくるところだった。

「あのバスだよ」

女は健二とすれ違うあたりで、一緒に歩く男にそう言った。そして、ホテルの入り口前に停まっている、動物のかたちをした送迎バスに乗り込もうとしていた。

あれはたしか動物園行きのバス？　乗っているのは家族連れの客たちがほとんどだが、あのふたりもあれに乗るのか？

いったんその場を通り過ぎようとした健二だが、足を止めた。気にしないようにしているのに、どうしても彼らのことが気になってしまう。キャップを目深にかぶり直し、くるりと振り返った。そして急いでホテルの入り口を出ると、さりげなくバスに乗り込んだ。女は無邪気な笑顔で窓の外を見ている。男はその隣に座り、穏やかな表情で彼女の横顔を見ている。無精髭だらけのうえにTシャツの背中が汗でびしょ濡れの自分は明らかにこのバスには不釣り合いだが……誰も健二のことは気にせずにいてくれるようだった。


動物のかたちをしたバスだったが、到着したのは動物園ではなく、遊園地の前だった。健二はさっと一番はじめに降りる。そして男と女が園内に入っていったのを確認しながら、後に続いた。

遊園地は、寂れていた。どのアトラクションも、あまりにも小規模だ。メリーゴーランドのペンキは、ぼろぼろにはがれかかっている。歩いている客もまばらで、家族連れや、初々しいカップルたちが時おり通りかかる程度だった。

男と女はジェットコースターへ向かったが、修理中だったので引き返した。そのままゲームセンターに入っていくのを、健二も追った。


ゲームセンターの中にはプリクラがあって、女が男の腕を引っ張って連れていく。すこしするときゃあきゃあ騒ぎながら出てきて、あれこれ落書きをしていた。それからまたしばらくすると、プリクラが完成した。

「見てみて！　目が大きくなってる！　顔が変わってる！」

プリクラは、どうやらふたりの顔が大きく修正されているようだ。女は身体をふたつに折り曲げて、男をバンバン叩いて笑っている。あんなふうにしている姿は、まるで普通の女子高生のようにも見えるのに。健二はそんなふうに女を見ていた。ゲームセンターを出ると、ふたりは腕を組んで、園内を歩き出す。

「今度は観覧車に乗ろう！」

次は観覧車に入っていった。あまり高い位置まで上がらない観覧車を、健二は外から見上げていた。

女が観覧車の中で立ち上がり、空から見える世界を窓から見下ろしている様子を、健二は外から目を細めて見上げていた。

わあ、と、女が無邪気に声を上げている様子が、手に取って見えるようだった。

観覧車から出ると、今度はお化け屋敷だ。女は男の腕をつかみ、きつく胸を押し当てて、ピエロのようなかたちをした入り口から入っていく。健二はふたりが入っていくのを見届けて、入り口付近で出てくるのを待っていた。

やがて、雨が降ってきた。外の風はごうごうと強まっている。あのふたりはいつになったら出てくるのだろう。健二は腕の時計を見た。お化け屋敷の出口からはちらほら客が出てくるが、ふたりはいっこうに出てこない。

中からひと組のカップルが出てくると、係員はそれを見届けてお化け屋敷の出口を封鎖してしまった。

どういうことだ？

まだ中にはあの男と女がいるはずだ。

健二は慌ててお化け屋敷の中を覗き込んでみた。

もう中に人はいないということか？

あの男と女は、健二の知らない間に出てきてしまったということか？　あたりを駆け回り、人を探してみる。けれど、雨は次第に強まっていき、遊園地の入場口を離れて奥に行けば行くほど、人はまばらになっていく。

ゼイゼイと、息が切れてくる。遊園地の奥に行き、迷路のような一角を抜けると、突然視界が開けた。いや違う。行き止まりになっている。その前方には、ねずみ色をした荒れた海が広がっていた。

え……。

健二はずぶ濡れになりながら、その場に呆然と立ち尽くしていた。

男と女を探して、健二は街を歩いていた。もう雨はやんでいる。はるか遠くの建物の合間に、遊園地の観覧車が見え隠れする。

はぁ、はぁ、と、息を切らしながら、健二は石橋を渡っていた。前方に、男と女の姿が見える。見失わないように追いかけ、急な石の階段をのぼっていく。階段をのぼりきったその先に、突然、寺が現れた。寺には、人はいない。周りを見ると、小僧のかたちをした石の銅像が、人差し指で遠くを指差していた。銅像が指差す方向に向かって、健二は走り出した。坂道をのぼり、お墓のある通りを抜け、柳のある赤い橋を渡り、走って走って――。

たどりついたのは、坂の上に立つ、塀に囲まれた、『IIZUKA』という古い看板の出ている店だった。民宿のようにも見えるし、居酒屋のようにも見える。その店の引き戸から突然、男と女が出てきた。

「それじゃあどうも」

飯塚（いいづか）という店主らしき男が、ふたりに手を振っている。男と、健二の、ちょうど中間ぐらいの年齢の男だろうか。その男は、すぐにまた店の中に入っていった。

健二も、おそるおそるその店に入った。入り口すぐの壁一面には、今までこの店を訪れた客たちの写真が飾られている。けれどほとんどが十年以上前……いや、それ以上前のものと思われるような写真が多い。健二は食い入るようにそれら一枚一枚の写真を見ていった。と、その中に、あの男と女、そして女の両親と思われる夫婦の写真が目に留まる。

「いいでしょ、その子？」

受付、と書かれた木のカウンターから、先ほどの男に声をかけられた。千羽鶴があったり、福助の置物があったりと、カウンターは埋め尽くされている。やはりここは民宿のようで、責任者としての名前が受付に書いてあった。それにしても飯塚は、その長い髪に無精髭という出で立ちが、不思議な雰囲気だ。近くで見ると目尻に皺が深く、人懐っこいようにも、浮世離れしているようにも見える。

「ええ、まあ」

健二は苦笑いで答えた。

「どしたの……」

飯塚は、ずぶ濡れの健二を頭の先から爪先まで眺めている。健二が答えずにいると、奥からタオルを取ってきて、無言で手渡してくれた。

「すみません……」

あまり清潔ではないタオルに見えたので一瞬ためらったが、飯塚が見ている前なのでざっと身体を拭いてから返す。飯塚もちらりと健二のほうを見ながら、タオルを受け取った。

「いちばん目立つところに飾ってんの」

飯塚は実に嬉しそうに笑っている。

「みきちゃん」

「みき？」

健二はふたたび写真に視線を戻した。

「そう」

飯塚が笑顔でうなずく。彼女は美樹、という名前らしい。

「……いつ頃の写真ですか？」

「あーいつだったかな。もう十年以上経つかな」

「十年……」

小学生ぐらいだろうか、まだ実にあどけない表情をしている。

「うん、このへんさ、もう昔は観光客すごかったんだから。そこの遊園地だってもう、入場制限したりするくらいすごかったのよ。でも今はもうこのざまよ」

飯塚は、しんと静まり返った民宿をひと通り見回した。健二もつられて、その時が止まったような建物の中を見てしまう。

「おたくさん、どっから？」

「東京から……」

「東京かぁ。だいぶ前に行ったきりだな。楽しい？」

「え？」

思わず、聞き返した。

「楽しいの？　東京」

「いや……別に楽しくは……」

そんなこと、いちいち考えたことはない。

「楽しいんじゃないの、おたくみたいに若い人はさ。なんつったっけ、あの……」飯塚は目を閉じて、ほら、あれあれ……と、何かを思い出そうとしているが、すぐに部屋の奥を見て声を上げた。

「ばあちゃん、座ってろ！」

厨房の奥からヒョコヒョコと老婆が出てきた。厨房というよりは、薄汚い台所というべきだろうか。うっすらと光の舞う中を、ボーっとした白髪の老婆が行ったり来たりしている。

「でっかいの、できたんでしょ？　なんとかツリー。てっぺんまでエレベーターで行けるんだって？」

　スカイツリーのことだ。健二もまだ行ったことはないし、話題を広げるまでもないのだが……。健二が言葉を発しようとする前に、飯塚はまた台所に怒鳴った。

「だから座ってろって！」

　健二に話すときとは違う激しい口調で注意をする。

「おふくろ。ボケちゃって」

「はぁ」と、健二はうなずいた。

「その子、毎年夏、ここに来てたんだけどね」

　飯塚はまた写真を見て言った。美樹のことだ。

「毎年？」

　健二は首をかしげる。

「そ。小さい頃から。どんどん可愛くなるから楽しみにしてたんだけど」

　飯塚はにやり、と、怪しい笑みを浮かべる。

「なんか、突然ぱたりと来なくなっちゃって」

「この夫婦は……」

誰ですか、と、健二は美樹の後ろに立っている夫婦らしき男女を指さした。

「親だよ、見ての通り」

女性は母親で、美樹の肩に手を置いている。その隣の男が美樹の父。そしてその隣にいるのが、ホテルに一緒に泊まっているあの男だ。

「こっちは?」

ドキドキしながら、あの男を指してみる。

「知らない……」

飯塚は不自然に写真から目を逸らした。この男とはさっき民宿の前で手を振っていたのだから、知らないはずはないのに……。

「何……興味あんの?」

「え?」

「その人たちに」

「いや別に……」

健二としてはどう説明したらいいのか、わからないのだが……。

「おたくさ、タイツとストッキングの違い、わかる?」

「はい？」

唐突に、何を言うのだろう。

「だからタイツとストッキングの違い、わかる？　たとえば黒の」

「いえ……」

そんなこと、わかるわけがない。女性なら……綾なら、知っているのだろうか？

「男ってそういうの好きなんだって。あのね、同じ黒でもタイツとストッキングは違うのよ。タイツが厚くてストッキングは薄い。でもたまにタイツでも薄いのがあるから、ま、一概に薄けりゃストッキングってわけでもないんだよ、ね？　タイツとストッキングの厚さって、デニールって単位、知ってる？」

「……いえ？」

「デニール知らない？」

「……」

健二は絶句していた。

「あのね、モテるデニールっていうのがあるんだよ、モテるっていうのはさ、女が男にモテるためにこれくらいのデニールが一番いいんじゃねえかっていうのを考えたわけ。

それが四十デニールから六十デニール、真正面から見たらまあやや黒なんだよ。まあ、黒だね。なんだけど、こうやって曲げた瞬間、ちょっと肌感感じちゃうわけ、透けて。それが、四十デニールから六十デニール。男、そういうの好きなんだって。どうしてだと思う？」

「……」

健二はやはり、答えられずにいた。

「でもなんかわかるよね」

「……」

「わけわかんないでしょ？　妙に詳しいし」

「……」

もうずっと無言になってしまう。

「こいつなんでそんなことに興味があんのかなぁって思ってる顔だよね」

「あ、いや……」

「おたくさあ。人に何か変わった質問するときは、できればその理由を述べたほうがいいよね？　そう思わない？」

突然、態度を豹変させた飯塚に面くらった健二は、言葉が出なくなった。

「……すいません」

健二はあたふたと玄関に向かった。

「……ばあちゃん！」

と、飯塚は、何やらおかしなことをしはじめた老婆に注意をしている。その間にさっさと出ていってしまおう。急いで出ていこうとすると……。

「またおいでよ……」

飯塚に声をかけられた。その言葉に驚いて、振り返ってしまう。

「え？」

飯塚を見ると同時に健二は奥を見た。つい先ほどまでそこにいた老婆は、どこにもいない。

「へ？　どうしたの？　また来なよ」

飯塚が、ん？　と健二の顔を見る。

「いえ……失礼します」

健二は逃げるように店を出た。もしかして、あの民宿も、あの老婆も、そして飯塚すらも、幻ではなかったのではないか？　慌てて振り返ってみると、その民宿はまだ立っていた。

年配の男と美樹はその頃、海が見下ろせる小高い丘にいた。さっきまでどしゃ降りだった雨は嘘のようにやんで、オレンジ色の夕陽が美しい。

「ほらこうして」

男は虫取り網で、蝶の取り方を教えていた。

「こう？」

美樹は不器用に網を動かしてみる。

「ああもう」

男は美樹から網を取り上げた。しょうがないなあ、と、まるで小さな子どもに教えるように、手を取る。

美樹は都会出身で、ひとりっ子。歳をとってから美樹をさずかった両親がおっとりと育ててきた。そのせいか、男が地方の街で幼い頃に覚えてきた山遊びや川遊びはまるでできない。

「ほら、もう一度やってみるんだ」

そう言ってまた、美樹に網を渡す。

しだいに、遠くの海の向こうに夕陽が沈んでいく。太陽が、海をきらきらと照らす。

美樹の上に、下に、この蝶はひらひらと舞っている。この小さな生き物は、不思議と美樹たちのまわりからはいなくならない。

「この蝶、なんだかずっとここにいるね」

美樹は言う。

「あなたも、あたしとこうしていたいの？」

そして、蝶に話しかけている。

たしかに、蝶はずっと男と美樹のまわりを舞っている。

男は美樹と蝶を見ていた。

うす暗い夕暮れの中、なぜか泣き笑いしたいような気持ちになってしまう。今、自分がほんとうはどうしたいのか、わからない。

蝶はまだ男たちの前にいる。

美樹もずっと網を手にしたままここにいた。

男はずっと、それを見ていた。

夜。

美樹はベッドで眠っていた。男はベッドのそばにカメラをセットし、その脇に立った。美樹の脚が重なり合わないように、静かにずらす。

美樹はうつ伏せに眠っている。男はふと気づき、洗面所に行った。コップの中で石鹸を泡立て、寝室に戻る。ブラシで泡立て、右手で美樹のうなじにつけた。左手で彼女の肩に触れて皮膚を伸ばし、右手で剃り落としていく。美樹はまったく、動かない。

これで美樹の姿は、完璧だ。宝石のようだ。男は前の晩と同じアングルから、撮影を始めた。

そういえば……。

男は思った。

数時間前、丘の上で美樹と蝶が舞っている様子は、神殿で繰り返されている宗教的儀式のようだった。

いつまでこうして美樹との時間は続くのだろう。

美樹との時間が貴重で、崇高で、大切だからこそ……男は怖くて、恐ろしくて仕方がなかった。

結局自分は臆病なのだ。

男はカメラを止め、頭を抱えた。

ああ、俺はなぜ、美樹と出会ったのだろうか、と……。


飯塚の店から戻ってきた健二は、夕食をひとりで簡単に済ませた。今夜は先に寝ていてと言われていたのをいいことに、一階に降りていき、昨夜と同じように若い女……美樹たちの部屋を柱の物陰から覗いた。

美樹は昨夜と同じようにベッドにうつ伏せていた。そこに、男がシェービングの道具を持って現れ、美樹の首筋のムダ毛を剃りはじめた。丁寧に、やさしく、剃り落としていく。そして美樹の姿が完璧だと満足げにうなずいた。

これから性的な関係がはじまるのか。そう思ったが、けっしてそんなことはなかった。むしろ、男が女を崇拝しているといった顔つきだ。このふたりの間には、そのような関係など存在していないのではないかとすら思える。

男はビデオカメラを手に取った。今度はカメラを三脚に設置し、撮影をはじめる。正面のミディアムクローズアップと、一方向からの撮影だ。けれど、今ひとつアングルが気に入らないのか、何度も首をかしげながらカメラのモニターを確認している。そしてまた首をかしげてはモニターを覗いている。何度目かに長い時間女を覗き込み、そのときにようやく気に入ったようだ。男は満足したようにカメラを片付けた。

美樹は男が撮影を終えるのと同時に、すっと力が抜けたようにも見える。男はカメラを片付け終えると、美樹の脇に立ち、ぼんやりしていた。ふたりの間には、時間が止まっている。

それらの一部始終を見ていた健二も、時が止まったように脱力していた。男が無言で美樹を撮影していたその光景が、妙に健二を刺激した。

八階の自分たちの部屋に戻ると、綾はもう帰ってきて深い眠りについていた。男が美樹を撮影する間に、綾がシャワーを浴びて眠るほどの時間が経っていたのだろうか。

うつ伏せで眠っていた美樹とは違い、綾はTシャツにショーツ姿で、仰向けで足を折り曲げて眠っていた。健二は眠っている綾を、じっと見ていた。綾は中肉中背の、実に美しい身体をしていた。だが綾も出会った頃から比べるとだいぶ年老いてはきた。お腹にはわずかなたるみが浮かび、顔や身体のかすかな皺が、月の光の中、浮かび上がってきている。それでも脚は長く、足首は細く、魅力的だ。

綾を起こさないよう、そっとベッドの向かいのソファに腰を下ろした。綾の姿を静かに観察し続けたが、いつしか、美樹の姿を頭の中に蘇らせてしまっていた……。

健二は立ち上がり、バルコニーに出た。波が、静かに岸を打ちつける音が聞こえる。外はふたたび雨が降り出して、台風の到来を感じる。プールサイドに目を向けると、チェアに座っている男の姿を見つけた。

プールサイドに出ていった健二は、男の隣に腰を下ろした。

「雨、お好きなんですか？」

尋ねたが、男は健二を見ず、何も答えない。

「ここは何度かいらしてるんですか？」

深く座り込み、何かを考えていた男は健二のほうを見た。ゆっくりとあごをさすっただけで、何も答えない。その気まずさに耐え切れず、健二は小さくお辞儀をして立ち上がり、その場を去ろうとした。

「まあいいから座んなよ」

背中に聞こえた男の声に、健二は立ち止まった。ふたたび小さく頭を下げて、座り直す。健二と男はお互いに自己紹介をし合った。男は佐原（さはら）というらしい。

そうしてまたしばらくの間、沈黙が流れた。


「妻の仕事の関係もあって来たんですけど」

間（ま）を持たせるために、健二から話しはじめる。

「ここなんにもないですね、ほんとに。泳ぐか、寝るか、まあ幸い本を読むのが好きなんで、時間は潰せますけど」

無理に話をしすぎてしまったみたいだ。健二は口をつぐんだ。佐原が何も話さないのでまた気まずい沈黙が流れているかと思ったが……。

「眠れないの？」

佐原が健二に尋ねた。

「え？」

健二は顔を上げた。佐原が丸顔をすこし微笑ませている。笑顔を見るのは初めてかもしれない。

「ええ……。いつもは入眠剤を飲んでるんですが、休み中ぐらいやめようかと思って」

そしてまた、佐原は黙ってしまった。どうするべきか迷ったが、健二は思い切って、口を開いた。

「……娘さん、ですか？　一緒に……」

美樹が娘じゃないのは、さっき飯塚に聞いて知っていた。でも、健二にとっていちばん気になっていることだ。だが佐原は、その質問には答えなかった。

「……すみません」

自分でも、わかっていて聞いたことなので、健二は思わず謝ってしまう。

「何読むの？」

佐原が尋ねてきた。

「え？」

「本、読むんだろ？」

健二がプールサイドで本を読むのを見ていたのだろうか。

「本ですか？　いろいろ読みますけど」

　自分から、本を読むのが好きだと言ったのだ。なのになぜか緊張してしまい言葉が出てこない。健二は答えられずに、逆に尋ねた。

「読みませんか？」

「読まないね」

「……はい」

　健二は黙り込んだ。と、佐原は突然ポケットからスマートフォンを取り出して、動画を見始めた。

「……撮影、お好きなんですか？」

　健二の角度からは、その映像は見えない。だが佐原の口元は、なんだかとても幸せそうに笑みを浮かべている。

「あんなにきれいな娘さんなら、撮りたくなる気持ちはよくわかります」

　そんな幸せそうな表情をしているときなら。ついもう一度言ってしまう。

「娘じゃないって！」

　佐原の口調が強くなった。

「……すみません」

だったらさっき言ってくれたらよかったのに。そう思ったが、口にはしなかった。

「十年ぐらい、毎日撮ってるんだ」

はぁ、と、とりあえずうなずいた。でも、続けてなんと言ったらいいのか苦慮してしまう。

「すごいな……僕はカメラすら持ってないですから」

言葉を選んでそう答えた健二に、佐原は顔を歪めて笑った。

「でも十年も撮ってたら、今はすごい量ですよね」

「毎日上書きしてるから」

佐原は言った。

「……え？」

健二は眉をひそめて、佐原の顔を凝視してしまった。

「……上書き？」

そうだ、と、佐原はうなずく。

「毎日ですか？」

「そう、毎日」

十年間も撮っているのか？　それは健二からしたら信じがたい。

「消すのに……撮るんですか？」

不毛だと思うのだが……。でも佐原はもう一度うなずいた。

「どうして？」

真剣に尋ねる健二を、佐原はまっすぐに見つめた。そしてまた沈黙が流れる。

「あの子の最後の日を記録しようと思って」

「最後の日？」

それはいったいどういう意味なのだろう。

「そう、最後の日」

佐原は、まるで小さな子どもに説明するような顔で笑い返してきた。笑顔なのに……、健二は身体がぞわりと震える思いだった。そんな健二の前で、佐原はプールに足を伸ばした。水面に爪先がつくと、ぐるぐるとかき混ぜはじめる。

ええと……。健二は言葉が見つからず、とりあえず自分も水面に目を向けた。けれど、佐原に真剣に問い返すのは怖かった。

かすかに揺れる夜のプールに、ふたりの佐原の顔が映し出されている。かき回される水の動きで、年老いた佐原の顔だけが歪んで見えた。

DAY 3

朝起きると、健二はひとり、プールに降りていった。昨夜、佐原と話した後の記憶はあまりない。部屋に戻った後、あまり眠れず、朝も早く起きてしまった。結局そのまま起きて、プールにやってきた。

早朝のプールには誰もいなかった。波紋を立てるのは健二だけだ。健二は静かな水底をぐーんと蹴った。水中を、魚のようにぐんぐん進んでいく。たったひとりでプールを占領し、水の感触を楽しむのは、なんとも気持ちがいい。

まだまだ泳いでいたかったが、そろそろお腹もすいてきた。プールに上がって健二が身体を拭いていると、一階の部屋のバルコニーに濃紺のバスローブ姿の佐原がいるのが見えた。佐原は、バスタオルで髪の毛を拭いている健二を無言で見ている。ふたりは数秒間目が合ったが、互いに朝の挨拶をかわすこともなかった。

部屋に戻ってシャワーを浴びた健二はバイキング形式の朝食を取りに、レストランの席に移動した。テラス席の背後には、海が広がっている。ホテルへ来て三日目になり、波の音が常に間近にある生活にも、ずいぶんと慣れてきた。

「お待たせ」

綾がトレイを手に、戻ってきた。

「それだけ？」

盛りだくさんの健二に比べ、綾のトレイには、ごく少量のサラダとフルーツ、コーヒーだけだ。

「うん」

「足りるの？」

ふだんの綾は、朝からわりあいとしっかり食べるのに。

「昨日の夜、食べすぎちゃって」

疲れきったような顔つきをしているけれども、今日は目が覚めるようなさわやかな青い半袖の服を着ている。

「それじゃあ、バイキングの意味ないじゃないか」と、いくぶん乱暴に言葉を返すと、健二はいただきます、も言わずに食べはじめた。綾は健二のトレイの上にたっぷりと盛られた料理を見て、うんざりしたような表情だ。

今朝の健二はとくに早起きだった。しっかりと泳いできたので、身体がいい感じにだるい。あとで昼寝もとろうと思っている。スペインでいう〝シエスタ〟だ。

健二はここ何年かはわりあいと早起きだ。ジョギングをしている朝もある。綾は編集者という仕事柄か、朝はわりあいとゆっくりしている。

「台風来るな」

健二は綾に声をかけた。

「ほんと？」

「ニュースで見た」

さっきニュースで見たところだった。

「こんなに晴れてるのに？」

目の前の浜辺には、青い空と海が広がっている。

「こっちまで来るのはまだ先だけど」

「そうなんだ……」

綾は背後に広がる海に視線を送った。それからサラダをつついたが、あまり食は進まないようだ。結局、ふたりはまた会話がなくなった。健二が無理やり食べていると、レストランの入り口に、佐原と美樹が現れた。気にしないように、と思ったのに、健二はどうしてもあのふたりが気になってしまう。と、佐原が健二に気づいた。佐原は健二のほうを指さし、テラス席に出てくる。

「ここ、いい？」

佐原は、言った。白いシャツに黒っぽい麻のスーツ。美樹は白いシャツに黒いパンツ姿。ふたりともまるでお揃いのような格好だ。美樹のこの格好は佐原が買い揃えているのだろうか。

「……どうぞ」

健二はぎくしゃくと硬い笑みを浮かべた。ちょうど席はあとふたつ空いている。きみはあっちに座りなさい、といったふうに、佐原が美樹に健二の向かい側の席を示した。

美樹は健二の顔を見据えたまま向かいの席に腰を下ろし、モデルのようなポーズで優雅に足を組んだ。

綾はなぜ佐原と健二が話しているのかよくわからず、最初はきょとんとしていた。けれど、すぐに感じのいい笑顔を浮かべた。

「妻です」

健二が綾を紹介すると、佐原はぺこりと頭を下げた。佐原さん、と、綾にも紹介する。

何が起こっているのだろう。綾は一瞬、目を白黒させてしまった。

「もうお話しされてたんですね」

けれど綾はすぐに気持ちを切り替えた。そのあたりは編集者として、そつなくふるまうのは得意だ。綾は佐原の顔を見て、にっこりと笑った。

「ええ」

佐原も小さく笑った。そして、隣にいる女は美樹というのだ、と、紹介した。おはようございます、と、綾は挨拶をしたけれど、彼女はチラリとこちらを見ただけ。なんとも不愛想だ。誰とも目を合わせない。まったく、若い女というのは。まだ学生なのだろうか。綾は呆れてしまう。

「プールで……」

健二が短く説明した。昨夜、健二と佐原とはプールで話をしたらしい。綾は、あぁ、とうなずいた。健二はずっと美樹を見ているが、彼女は相変わらず顔を上げない。

「取ってくる」

美樹は佐原にそう言うと、こちらの会話には興味がないといった様子で席を立った。美樹と入れ替わりに、テーブルにはウェイターがやってきて、佐原のカップにコーヒーを注いだ。佐原は食事を取りに行くこともせず、黙ってコーヒーを飲んでいるし、健二は食事を取りに行っている美樹を目で追っている。

気がつくと、テーブルはしんと静まり返っていた。綾は健二を見て、何か話してよ、と目で促した。沈黙が耐えられない。

「いつまでいらっしゃるんですか、ここには」

結局、綾は自分から切り出した。

「あと、二、三日かな」

ブラックのコーヒーを飲みながら、佐原が答える。

「じゃあ私たちと一緒だ」

ね？　と、綾は健二に尋ねた。

ああ。

健二はそうなずいているものの、あまりまともに聞いていないようだ。

「私は仕事も兼ねて来てるので。あ、私は編集者で、夫は作家なんですけど、日中ほとんどホテルにいないんです。だから中でもっとゆっくりしたいんですけど……、この人は逆に退屈みたい」

綾はちょっと健二を睨み付けるように言った。

「そんなことないよ……それに今、書いてないだろ」

健二は顔をしかめた。

作家。

恭子に言ったように、綾は佐原にもそう説明した。健二はそう言われるのは好きではないみたいだ。でも、健二は作家だ。それ以外の何者でもない。職業、という欄に肩書きを書くとしても、作家だろう。賞だって取っている。もっともっと精力的に書いてほしいし、メディアにも出てもらいたい。けれど二作目がヒットせず、それ以降はすっかりスランプになり、書かなくなってしまった。そして結局、この秋からは会社員に戻るが、そのことに関しては今はいい。

とりあえず何か話してよ。

綾が健二に目線を送っていた。が、健二はこういうときに、うまく反応できない。

「ホテルの近く、回られましたか？」

結局、綾が佐原に尋ねた。佐原はこくりとうなずくだけだ。

「このへんあんまり観光するところないですものね……そうだ、龍宮窟（りゅうぐうくつ）には行かれましたか？」

綾は尋ねた。

「いいや」

佐原は首を振った。

「お時間があったら散歩がてら行かれるといいですよ。何もないところから急にパーッと光が射し込んできて、最高なんです」

「いつ行ったの？」

健二が綾に尋ねてくる。

「……何言ってるの、行ったじゃない、忘れたの？」

綾は真剣な顔で尋ねた。

「いったいいつ……」

健二は真剣な顔で聞いてくる。

龍宮窟、いいみたいよ。時間があったら行ってみない？

列車の中でそう会話したし、ホテルに着いてすぐ荷物を置いて、行ってきたのに。

「何があるの？」

佐原が綾に尋ねてきた。

「え？」

「そこ」

そんなふうに聞かれると……。波の浸食作用でできた洞窟で、ひんやりしていて、神秘的な空間だけど……。それだけだ。

「とくに……何もないです。ただの洞窟です」

綾が沈んだ口調で答えると、佐原はそう、と、うなずいた。それでまた会話が途切れてしまう。

ねえ、どうしたらいいの？

綾は健二にそう言わんばかりの視線を送った。綾は編集者気質なので、取材前には準備の下調べをしていくタイプだ。間が持たない時間を極端に嫌う。健二はフルーツを盛っている美樹を見ていた。健二も、そしておそらく佐原も、間が持たなければ持たないでさして気にならないのだろう。

やがて、美樹がトレイの上に大量に料理を載せて戻ってきた。ガシャン。乱暴にトレイをテーブルに置く。和洋のおかずが入り混ざった、男性の健二すらも圧倒されるような量だ。

「すごいわね……」

綾は驚いてしまった。美樹は席に着いた途端にパスタを食べはじめる。健二は美樹を微笑ましく思っているのだろうか。珍しく笑みがこぼれている。

「私も前はそれくらい食べてたんだけどな。今はすっかり新陳代謝が悪くなっちゃって。仕事は座ってパソコンばっかりだし、休みの日は家でゴロゴロしてて、ジムも入ったけど、すぐやめちゃったし」

綾は、ふう、と、ため息をついた。

「じゃあもっとセックスするとか」

美樹はパスタをつるん、とすすって食べながら、なんでもないことのように言った。

え……。

綾は美樹の発言に驚いていたけれど、敢えてなんでもないことのように微笑んでみた。佐原はコーヒーの最後のひとくちを飲みながらクスリと笑っている。美樹はパスタの次に、デザートのパイナップルをフォークで口に運んだ。

「今……学生さん？」

健二が尋ねた。食事をたくさんとってきたときは笑っていたものの、セックスの発言ではすっかり圧倒されていたみたいだ。こんなかわいい顔をして、まさかひとことめでそんな言葉を口にするとは思わなかったのだろう。

「うん」

美樹はあっさりとうなずいた。学生……。ということは大学生だろうか。佐原のもとから大学に通っているのだろうか？

「どのくらいお知り合いなんですか？」

綾が美樹に、尋ねた。

「ずっと」

美樹が答える。

「ずっとっていうのは、五、六年とか？」

「もっと。十年ぐらい」

美樹が答えた。

「小さいときから？」

健二が尋ねる。

「そう」

美樹はうなずいた。そして佐原を横目で見た。

「この人、すごく優しいの。あたしと一心同体になれるように、同じ音楽聞いたり、同じ映画観たりして」

「一心同体？」

綾は思わず聞き返してしまった。

「そう。小さいときから、あたしと同じような暮らしをして、だから友だちと話すかわりに彼と話すの、なんでも」

「小さいときから?」

食いつくように会話に入ってきたのは、健二だ。

つまり美樹は、友だちを作るかわりに、佐原と過ごしていたというのだろうか。小学生、中学生、高校生と、ずっと？

「そう」

美樹はもう一度、同じようにうなずいた。佐原とは小さいときからずっと一緒にいる。美樹はそう言った。

「ずっと昔から。あたしがどんなふうにこの世界を見てるのか理解しようとしてくれてる」

美樹は伸びをするようにして、目の前に広がっている海を見やった。

「どれだけこの子を愛してるかわかるでしょう？」

佐原が口を開くと、健二はうなずいた。

「でもいつか、この子が私を裏切る日が来る」

そして佐原は、突然、表情を変え、投げやりな口調になった。

「もう来てるのかも」

佐原は美樹に鋭い視線を送っていた。その口調からは、本気なのか、あるいは冗談なのか、今ひとつ受け取れない。美樹はさきほどまでの冷めた投げやりな感じとは違い、怯（おび）えた表情で佐原の視線を受け止めていた。

健二は黙り込み、眉間（みけん）に皺を寄せた。

なんだろう、このピンと張り詰めた空気は。この夏の日のプールサイドの朝には、まるでそぐわない。綾はみんなの様子を見ていた。なんとかこの場を和ませたいのだろう……。

「……なんか、うらやましいな。私もそんなふうに愛されてみたいものです」

綾はひきつった笑みを浮かべて言った。ふたりの関係を、これ以上深く聞いていいのかどうか、よくわからない。

「わかりますよ、僕にも」

そんな綾の隣で、健二がうなずいた。

「……え？」

話の方向が変わっていきそうだったので、綾は驚いて健二を見る。

「要するに普通の人間ていうのは幸運なんですよ。夫や妻がもたらすものをなんでも受け入れて、あらかたそれに満足する」

「どういうこと？」

綾が理解しがたいといった表情で健二を見た。

「凡人はそれを『愛』って呼んでるだけですから」

健二は言った。そもそも健二は理屈っぽい。

「この関係はまったくもって普通じゃないんだよ」

佐原が、健二に言う。自分たちは普通じゃない。佐原はそう言いたいのだろう。

「わかってます。僕は今、平凡な人間の話をしてるんで……」

健二は綾に視線を送った。

「小説家はこれだから……」

綾は複雑な表情で健二を見た。そして無理やり笑ってそう言った。

「関係ないだろ、今それは」

健二が言う。

「小説？」

美樹は食事の手を止めて、健二に尋ねた。

「小説家っていっても、二冊しか書いてないですから」

謙遜するように、健二が言う。

「次も書いてるじゃない」

綾は、健二が作家だと今でも思っている。綾が担当している作家だって、兼業の作家はたくさんいる。

「書いてない」

健二はあくまでも、否定する。

「どんな本、書くんですか？」

美樹は身を乗り出すようにして健二に尋ねた。そんな美樹を佐原は鋭い視線で見ている。

「どんな？　難しい質問だな……」

生真面目な健二は、真剣に考えている。

「本、好きなの？」

綾は美樹に尋ねた。説明するのは、健二よりも編集者の綾のほうがずっとうまい。

だが今度は、美樹がうーん、と、首をかしげた。

「日本の小説と外国の小説、どっちが好き?」

綾がふたたび尋ねた。

「……気がまぎれれば、なんでもいい」

健二を見て、美樹が照れくさそうに笑みを浮かべた。美樹が健二に対して向けた、初めての笑顔だった。

その笑顔は、女性の綾から見てもものすごくかわいかった。健二も美樹に対してにっこりと笑みを返していた。小説についての会話を、美樹はあくまでも気楽に捉えていたことが、健二にはうれしかったのだろう。

佐原はそんなふたりを、愉快なことが起こることの前兆に捉えていたのだろうか。それとも、何か別のことを予感していたのだろうか。美樹と健二をかわるがわるに見て、うなずいていた。

健二は微笑みを浮かべながら、部屋に戻ってきた。美樹のあの笑顔が、健二の頭から離れなかった。

「それじゃあ行ってくるわ」

綾は健二にただひとこと言うと、昨日と同様、作家のもとへ出かけていった。

何かを書こうと机についていた健二だが、何も浮かばず、それどころかまったく落ち着かなくなってしまった。健二はただギリギリと唇を噛むばかりだった。そして結局、ふたたび水着を着て部屋を出た。

プールにはそれほど人がいなかった。

ザブン。

健二は飛び込むと、水中を魚のように進んだ。

と、前方から白いビキニに身を包んだ美樹がこちらに向かって泳いでくるのが見えた。健二はそのまま泳ぎ続けた。美樹もそのまま進んでくる。美樹はなんだか挑戦的だ。お互いにぶつかりそうになったところで、健二のほうが立ち上がった。

ふうっ……。

長く息をして水面から顔を出すと、視線を感じた。プールサイドに、佐原がいる。先ほどまで健二がいたチェアの隣に座ってじっと見ている。鋭い視線だが、口元は不敵に笑っていた。

美樹が顔を出すかと待っていたが、美樹の姿はいつまで経っても現れなかった。しかたがないのでプールから上がり、佐原の隣に置いてあるバスタオルを取りに行って身体を拭いた。それにしても美樹はどうしたのだろう。そろそろ顔を出さないと息が苦しいはずなのに、水面からは誰も上がってこない。佐原の視線を感じたまましばらくいたけれど、美樹はついに現れなかった。

軽い昼食を食べてから、自分の部屋に戻ろうと佐原の部屋の前を通った。バルコニーの窓が大きく開いていたので、自然と歩調が緩んでしまう。先日は夜で暗かったのであまりよくわからなかったけれど、明るい中で見てみると、部屋の様子がよくわかる。一階の佐原たちの部屋は、上階にある健二たちの部屋よりずっと高級だ。佐原は着ている服もいかにも質がよさそうだが、美樹にも部屋や服に贅沢(ぜいたく)をさせてあげられるようだ。

彼らは今日、どこに行くのだろう。午後はまたプールに出るのだろうか。

先日、バルコニー横の柱にはりつくようにして部屋を覗いた健二だが、同じ位置まで行ってみる。すると部屋の隅に、美樹の白いビキニが干してあるのが目に留まった。

あのビキニの脚の付け根に、佐原は日焼け止めを塗っていた。美樹の肌についた砂をはらっていた。美樹は唇を尖らせながら、身体のあちこちを手鏡でチェックしていた。ちょっと拗ねているようなあの表情で。健二は二、三日のうちに、美樹の表情をすっかり覚えてしまっている。

健二は無意識のうちに、もう一歩、足を近づけていた。と、突然、部屋から人が出てきた。

驚いて飛び上がりそうになっていると……。

「ああ、ごめんなさい。今終わりましたので、どうぞ」

出てきたのは清掃の女性従業員だった。使用済みのタオルを手に、足早に廊下を歩き去っていく。

どうぞ、と笑顔で言うけれど、そういうわけにはいかないだろう。健二は引き返そうとした。

「小説のネタ、探してるの？」

今度は突然、佐原がバルコニーに現れた。

「……いえ、すみません」

覗いていたのが佐原にわかってしまい、なんだか居心地が悪い。即座にその場から遠ざかろうとした。

「まあそう急ぐなよ」

佐原の言葉に、健二は振り返った。佐原がこっちへ来い、と手招きしている。健二は導かれるように、部屋の中に入っていった。佐原はさっさとベッドに腰を下ろしてしまった。たった今、メイキングされたばかりの、ダブルベッド……。それは一昨日、昨日と美樹を撮影したであろう、この場所に。そんなふうにされてしまい、健二はどうにも手持ち無沙汰でいた。

「座ったら」

こっち来なよ、と、佐原が自分の脇をポン、と叩いた。健二は遠慮がちに、隣に座った。ここは、美樹の露わな脚が惜しげもなくさらされていたあたりだろう。

シーツには、午後の光が眩しい。天井も、壁も、シーツも、真っ白な部屋だ。

それにしても、美樹は今どこにいるのだろう。姿は見当たらない。ひとりでどこか行くところがあるのだろうか。かといって、美樹さんはどこですか？　とも聞きづらい。などと、健二は美樹のことばかり気になってしまう。

「きみは……若い無垢な娘が眠っているところを見たことがあるかい？」

「……え？」

そこにいきなりそんなことを聞かれ、健二はたじろいだ。若い無垢な娘。それは、美樹のことだろうか。

「見る？」

佐原は健二の答えを待つことなく、ニッと意味ありげな表情を浮かべた。すっと立ち上がって歩いていくと、クローゼットを開ける。中には、ホテル内のクローゼットとは思えないほどの数の洋服が並んでいた。白いシャツと黒いズボンがほとんどだ。洋服の隙間から、黒いアタッシュケースが出てくる。中には同じ種類で、カセットケースが並んでいた。佐原がその中からひとつのケースを出してきて、健二の前でふたを開けた。中には無数のビデオテープが年号の順番にラベル分けされている。

佐原はプレーヤーを取り出し、映像を見はじめた。健二はポケットに入れていたメガネをかける。

「上書き……してるんですよね？」

毎日上書きしているのだと、昨日佐原はそう言っていたはずだ。

「ううん、いいものは取ってある」

佐原は言った。鞄の中からビデオテープが入っているケースを取り出し、今見ていたテープをプレーヤーから取り出した。

「……いつも持ち歩いてるんですか？」

「大事なものだからな」

佐原はテープをセットした。

『2007.02.09』

四角い画面の中に映し出されたのは、小学校高学年ぐらいの美樹だ。今より十年近く前の美樹が、子ども部屋で眠っている。美樹の顔を、天窓から月の光が白く、神秘的に照らしている。

『2010.05.24』

次の画面では、美樹は中学生ぐらいになっていた。

「これは十四歳」

佐原が言う。壁には芸能人のポスターが貼ってあったり、制服がかかっていたりする。けれどベッドカバーが、先ほどよりもすこし大人っぽくなっていた。アップになった美樹の顔には、いかにも中学生っぽく、前髪があった。ほっそりとしていながらも、胸にかすかなふくらみが感じられる。

佐原が手にしている小さな四角い画面に、健二は美樹の身体の部分を見ていった。くるぶし、脚の付け根、髪が、シーツの外に出ている。化粧など何もしていないけれど、肌は美しく、髪は夜風に輝いている。頬は、息をするたびにピンク色に昂揚するように、足首は細く、血管は浮き上がって……。そんなに見えるわけがないのに、健二にははっきりと見えるようだった。

「これが十六歳」

佐原が言う。画面は次に、高校生ぐらいの美樹に変わっていた。

もう壁から芸能人のポスターはなくなっている。部屋もずいぶんシンプルになっていた。血管が浮き上がり、頬が昂揚し、美樹はどんどん大人の女性になっていく。

「これが十八歳」

身体は細身ではあるけれど、さらに大人びていた。仰向けで、無防備に眠っている。夏なのだろうか、部屋が暑いらしく、スリップ姿だ。いかにも少女が着ていそうなレースのスリップは、はたはたと風にゆらめいている。セミロングの黒髪が肩に落ち、片方の肩ひもがずり落ちていた。小さな四角い画面の中で、長いまつ毛を伏せて眠っている美樹を見ていると、健二は苦しくなりそうだった。

「これが一番最近」

佐原の言葉に、次の画面でふと我に返った。そして佐原を見た。佐原は静かに、健二にもほとんどわからないほどの笑みを浮かべていた。そして次の瞬間には真顔に戻っている。

「これ全部、同じですよね？　寝ているだけですか？」

健二は尋ねた。

「徐々に変わってるんだよ。そばにいなきゃわかんないよ」

佐原はどこか、勝ち誇ったような言い方をした。そばにいなきゃわからない。そんなことを言われてもどうしようもない。

嫉妬しているわけでもない。不愉快になったわけでもない。でもなぜかもうここにはいたくなくなり、健二はすっと立ち上がり、歩き出した。部屋を出る前にドアの前でふと振り返ると、佐原はひとり、画面を見続けていた。

自分の部屋に戻った健二は、すぐにパソコンに向かった。

先ほどまでとは違い、文章を書く気が湧いてきていた。

机の上には、本が数冊散らばっている。

綾は健二に、この旅行で刺激されて作品を進めてほしいのだろう。そして、東京に帰ったらあっというまに作品を仕上げてもらいたいに違いない。

やっぱり会社勤めなんかやめるよ。

そんなふうに言ってもらいたいのかもしれない。

若い無垢な女性が眠っているところをひたすら撮り続けた佐原がいたように。

けれど……。

健二はパソコンを閉じ、メモと鉛筆を手にソファに足を投げ出した。手には、鞄の中から取り出したライターも一緒に持っていた。吸わないでよ、と綾に言われたし、吸うつもりはない。ただ、ライターを手に、鉛筆を口にくわえていた。

結局、小説を書く気にはなれなかった。先ほどから思い浮かぶのは美樹のことばかりだ。

頭に断片的に浮かぶことを、メモにあれこれ書いてみる。

台風が近づいてきている。

さなぎが蝶になるように、その女は成長していった。

女は、眠っていた。

……。

健二はメモを閉じた。結局、それ以上は書けなかった。

やはり、頭の中は美樹のことでいっぱいだ。


ドンドン。

激しい物音で目が覚めた。いつのまにかベッドに倒れ込んで眠っていたみたいだ。

健二はハッと目を覚ました。パソコンを開いたまま、いつのまにか、眠ってしまったようだ。窓の外には激しい雨が降っていた。ふたたびスーッと眠りに引き込まれていったが……ドンドンドン。

今度は完全に目を覚ました。ドアがノックされているのは現実のようだ。

ホテルの従業員だろうか。それとも、綾が帰ってきた？

その切羽詰まった音に、健二は椅子から立ち上がり、ドアを開けた。

立っていたのは、ずぶ濡れの美樹だった。

「どうしたの……」

白いワンピース姿で、震えながら立っている。

「助けて……」

美樹はふらふらと部屋に入ってきた。机の前に立ち、ノートに触れてみたりする。健二は美樹の後ろ姿についていき、メガネをはずした。パソコンの画面の前に立った美樹の顔が、青い光で照らされる。その顔は、うつろだ。

今度は部屋をあちこち見回しながら、歩きはじめた。まるで仔猫(こねこ)のようだ。そして心細そうに窓の外を見た。美樹の顔が夕暮れに照らされる。窓の前に立つと、ワンピースの下に下着が透ける。なんてか細い身体なのだろう。美樹は、背後に立っている健二を怯えたように見た。美樹は窓の隅に行き、しゃがみ込む。

「いったいどうしたの……？」

健二が部屋の隅に追い詰めていこうとすると、美樹は突然踵(きびす)を返し、ドアから飛び出して廊下を駆けていった。

そのとき、健二は美樹の洋服の袖がちぎられているのを見つけた。

どういうことだ？

それにもしかして、腕に怪我をしている？

「待ってくれ！」

健二は衝動的に美樹の後を追った。


廊下に飛び出していくと、美樹はちょうど角を曲がって見えなくなるところだった。健二も急いで走っていき、曲がったが、もう美樹の姿は見えない。

そのまま走って、ホテルの庭に出た。雨はかなり本降りになっていた。目に入ってくる雨が痛いほどだが、健二はかまわずに走っていった。

庭の芝生の上を走っていくと、渡り廊下に美樹の姿を見つけた。健二も渡り廊下のほうに向かい、美樹を追った。

美樹は従業員専用の通用口に入っていった。警備室、食堂、洗濯室、と、どんどん進んでいく。その先は、海だ。海に通じる最後の扉のところで、美樹はふいに立ち止まった。健二もそこに、近づいていく。

と、洗濯物を入れるオレンジ色の巨大な布で、一瞬、健二の視野が遮られた。

あっ。

布をどうにかくぐるようにして、美樹のほうへと進んでいこうとした。けれど布を完全にくぐり抜けていったとき、美樹はいなかった。そこにいたのは、先日のホテルの清掃の女性だ。

美樹は？

美樹はどこだ？

健二は薄暗いホテルの駐車場を、汗だくになって必死で走っていた。やがて、駐車場の出口に明るい光が見えてくる。光は次第に大きくなっていく。健二は光に近づいていき、徐々に吸い込まれていった。

目の前には、眩しいほどの広大な海が広がっていた。

「え？　ここは……龍宮窟？」

洞窟の向こうにハートのかたちの天窓が開いていて、その先に海が見える。でもどうしてここにいるのだろう。そんなわけはない。

「いつのまに、ここに？」

この浜辺の先に美樹の姿はない。

「……え？」

健二は椅子の上で目を覚ました。いつのまにか、ずいぶんと暗くなっている。背後の窓の外は、オレンジとグレーとの中間のような色の空が広がっていた。時計を見ると、もう夕刻だ。

目の前にはパソコンの画面が広がっている。読んでみると……。

『ドンドンドン――』

美樹が健二の部屋のドアをノックしたところから始まっている。

どうしたの、助けて、というふたりのやりとり。

美樹が部屋に入ってきて、隅で怯えていたかと思うと飛び出していって……。

たった今までこの部屋とホテルの庭、そして龍宮窟で展開されていた健二たちのやりとりが描かれている。

これは眠る前の健二の頭に、思い浮かんだこと……なのだろうか。いやそうではなく、健二が小説として描いたことなのか？　それとも単に、健二の夢？

嘘だ……。

バルコニーに立ってみると、外はあっというまに暗くなっていた。外に出て下方を覗き込んでみると、激しく風が吹きつける中、いつもの青いパラソルの下に、佐原が座っていた。


健二はプールサイドに降りていった。佐原のいるチェアの隣に腰を下ろす。

長い沈黙が、続いていた。雨は降っていなかったが、風がかなり強く吹いていた。

やはり台風は近いようだ。

「……殺さなくちゃ」

最初に呟いたのは、佐原だ。

「殺す……って」

健二は言葉を失った。

「……耐えられない」

「……」

「こうなることはわかってた！」

佐原は半ば投げやりな口調で言った。

冗談、ですよね。健二はそう聞き返したいところだった。けれど……。佐原のその口調は、あまりにも力強くて、次の言葉を見つけ出すことができずにいた。

「愛が死ぬなら、あの子を殺すほうがいい」

佐原がさらに声を荒らげる。

「だったら……」

言葉に詰まりつつも、どうにか続けた。

「自分が先に死んでしまおうとは思わないんですか？」

自分のほうが半世紀近く先に生まれているではないか。このまま自然に生きていても、当然そうなるわけなのだし。

くっくっ。

佐原は健二の顔を見て、笑い出した。暗い闇のプールサイドで、笑い声が不気味に響く。健二は不安になってきた。佐原から目を逸らし、ごくりと唾（つば）を呑（の）み込みながら、瞬（まばた）きを繰り返してしまう。手にいやな汗をかいているのも感じる。

「それは正しくないよ」

佐原が笑みを浮かべながら言った。そしてプールに足をつけ、子どものようにバシャバシャとばたつかせている。健二はもうこれ以上会話を続けたくなかった。今すぐにここから立ち去りたかった。

「……殺すのが正しいっていうんですか？」

ようやく、それだけ言うことができた。

「きみには理解できないだろうな？」

佐原は健二の顔を見上げ、瞳の奥を凝視していた。健二は一瞬ドキリとした。プールの水面に、赤いものがゆらゆらと揺れていたのだ。

血か？

いや違う。

佐原が上品な朱色のソックスをプールの水面につけ、かき混ぜている。

「風邪、ひきますよ」

健二はなんだか、おかしなことを言ってしまった。

「こうなることはわかってた！」

佐原はふたたび叫び、脱いだ靴下をプールに投げつけた。靴下は血の塊のように水面で揺れ、そのまま底に沈んでいった。

DAY 4

健二はまだぐずぐずとベッドにいた。綾はもう起き出して、着替えもメイクもほぼ終えているのに、健二はまだ身体を起こすことができない。だいたい、綾が昨夜、何時に帰ってきたのかも知らない。朝起きたら、綾はもう先に起きていた。今日も作家の家に行くと言う。昨日一日、健二がどうしていたか、綾は何も尋ねない。とりあえずそうしてくれることがありがたかった。

身体中に昨夜の疲れがけだるく残っている。

佐原と話した後の記憶はあまりない。部屋に戻ってきて、倒れるようにベッドに崩れ落ちた。そしてそのまま眠ってしまった。

佐原と話したことは事実なのか？

美樹がこの部屋に来たこと、健二に助けて、と、救いを求めたことは？

美樹がいたのは、現実だったのか？　そうでないのか？　今となってはそれすらもはっきりしない。

それより何よりも、佐原が美樹を殺さなくちゃ、と言ったことは真実なのか？

早く起き出して確かめてみなくては。そして止めなくては。そう思ってはいるのだけれど……。


「雨みたい」

綾は言った。窓の外は、風が強く吹き付けているようだ。

「今日は早く帰るね。台風だからって言えば、ちょうどいい口実になるし」

綾がピアスをつけながら言う。今日は光沢のある紺のカットソーとスカートだ。ひと組のジャケットとパンツ以外はTシャツぐらいしか持ってきていない健二に比べ、綾はかなり服を持ってきている。しかも海辺に合わせ、青系の服できちんとコーディネートして持ってきているのだろう。

「うん」

健二はまだ、ベッドの中だ。

「じゃあ五時に駅で待ち合わせて、台風来る前に簡単にご飯食べない？」

綾は健二の顔を見ずに言う。

「ホテルの車頼めば大丈夫でしょ？」

綾に言われて、うん、と、うなずく。

「わかった」

「ねえ、帽子知らない？」

とりあえずうなずいているだけの健二に、綾がせかせかと尋ねてくる。

「帽子？」

「どこいったんだろう……？」

綾が、髪をイラついたようにかき上げている。

「珍しいね」

「何が？」

「綾が探しものするの」

「そうね、いつもは逆だからね」

しっかりもので敏腕編集者の綾は、探しものや失くしものなどはめったにしない。日常生活オンチなのは健二と決まっている。

「いるの？　帽子？」

健二はようやく起き上がって外を見てみた。今日は雨だ。帽子が必要には見えない。傘をさしていればじゅうぶんだろう。

「うん……今日はいいけど……」

「いつまでかぶってた？」

「いつだっけ？」

「外に持って出たの？」

綾に尋ねて考えておいて、健二はここへ来た一日目にパラソルの下でかぶっていたことを思い出した。そう、あの日、美樹を見つけたのだ。

「ううん」

綾はまだクローゼットの中などをチェックしている。

「じゃあ出てくるよ、そのうち」

そう言った健二を、綾は振り返ってまじまじと見ている。

「……何？」

尋ねた健二を、綾はしばし見つめていた。

「ううん」

ふっと首を振ると、行ってきます、と、傘を手にして出かけていった。

「きみは……若い無垢な娘が眠っているところを見たことがあるかい？」

と、そのとき、そう言った佐原の顔が、健二の前に現れた。

どういうことだ？

ベッドの中の健二は目をパチクリさせた。

佐原は自分の部屋で、ベッドで眠っている美樹を撮っていた。

佐原が剃り落とした美樹のうなじ。

微動だにしない美樹のまつ毛。

シャツから見えている美樹の太腿。

そんな美樹を撮っているのは、いつのまにか佐原ではなく、健二になっている。

そんなわけないじゃないか。

健二は首を振った。

美樹の脚、唇、美樹のすべて……。

健二は撮影するのではなく、柱の陰から覗いていた。

違う、俺は何をしているんだ？

そして、部屋の中の健二に戻っていた。

もはや自分がよくわからない。


「行ってらっしゃいませ」

従業員が、佐原と美樹に声をかけている。ふたりは傘をさし、雨の中を出かけていった。佐原は上品な麻のスーツ。美樹は先日と同じようなシンプルな白いブラウスに、鮮やかな青いスカート姿だ。美樹は似たような白のブラウスやワンピースを、何枚も持ってきているようだ。

ふたりは激しい雨の外に傘をさして出かけていく。健二は柱の陰から、その後ろ姿を見送っていた。

健二は、佐原の部屋の前にやってきた。バルコニー側から来てみたのだが、健二の予想は的中し、やはり掃除の時間だった。窓がすこし、開かれている。中をうかがっていると……。

「あ、ごめんなさい」

先日と同じ、清掃の女性とぶつかった。

健二が出ていくと、「ええ、今終わりましたからどうぞ」と、女性は窓を開け、清掃の用具を持って出てくる。

「……いいですか？」

健二は入っていった。つい昨日、この女性が掃除を終えて出てきたのと入れ違いに、健二は佐原に招かれてこの部屋に入った。そのおかげで、佐原とごく親しい友人だと思われているようだった。

昨日来たときに見せてもらったクローゼットに、健二は一直線に進んでいった。アタッシュケースのある場所は、わかっている。取り出して、昨日と同じベッドの位置に座り、中のテープを出すと、プレイヤーの電源を入れて再生ボタンを押した。

映し出されたのは、もちろんベッドに横たわる美樹だ。今とあまり変わらない。ここ数か月以内の美樹だろう。けれど、このホテルではないようだ。

それにしてもなんて美しい少女なのだろうか。

健二は食い入るように美樹を見つめた。

うつ伏せで眠る美樹の白いTシャツ姿。撮影している佐原の視線が、美樹の上半身からショーツ姿の美樹へと移っていく。すらりと伸びた細く、長い脚。細身ではあるけれど、腰から脚へと伸びていく部分は、丸みを帯びていて女性らしい。

健二にもしこんな少女がそばにいたら。そして時間的な余裕と金銭的な余裕があったら。佐原のように連れ回してしまうのかもしれない。健二の場合は、カメラで撮影するのではなく、文章で残すのだろう。自分が思い浮かぶかぎりの言葉を使って、表現し尽くすのだろう。

バタバタバタ。

そのとき、廊下の向こうから音が聞こえてきた。この部屋に近づいてくる。そして、ドアに手をかけた音がした。

まずい。

健二は顔色を変えた。隠れなくては。慌ててビデオプレイヤーを停止し、ベッドの下に、座っていた位置からもぐり込んだ。

入ってきたのは、美樹だった。ものすごい勢いで部屋に入ってくる。

ドサリ。

美樹は、さっき健二が座っていたのと同じ場所に腰を下ろした。佐原と出かけていったけれど、ひとりで戻ってきたのだろうか？　健二がもぐり込んだ頭の位置から逆側……健二の足のほうに、美樹の足首が見えた。ベッドの皺や、健二が座っていたぬくもりがばれてしまうのではないか。そして、この心臓の音が聞こえてしまうのではないかと不安でならない。それにしても、ベッドの下から覗いている美樹のくるぶしは、なんともいえず細かった。

はぁ、はぁ。

健二の息も荒いが、美樹も同じように激しい息づかいをしていた。お互いの心臓の音が、この部屋に響いている。

「……くっ……うっ」

泣いているのだろうか？　押し殺すような声が聞こえてくる。美樹は履いている白いスニーカーとソックスを、乱暴に脱いでいた。次に白いブラウスと青いスカートも床に脱ぎ捨てた。健二の場所からは見えている美樹のむき出しになった脚には、スカートの色よりも痛々しい、青い痣がついていた。

思わず声を上げそうになった。あの痣はもしかして、佐原に……？　凝視していると、美樹は勢いよく立ち上がった。健二は見つからないように、用心する。美樹はクローゼットに歩いていった。後ろ姿の美樹は、下着姿でドキリとした。白いブラジャーにショーツ。まるで十代前半の少女のような、なんの柄もないシンプルな下着姿なのだけれど、やけに艶めかしい。

美樹はクローゼットの中から服を探しているようだ。このあとまたどこかに出かけるのだろうか。やがて中から一枚の白いワンピースを選び出し、クローゼットのドアの裏にある鏡にあてて見はじめた。美樹がそうやって後ろを向いているうちに、先ほどのバルコニーからこの部屋を出ていかれるのではないか。チャンスをうかがって出ていこうかと奥から手前に這い出ようとしたが……。

美樹のスマートフォンの着信音が鳴った。美樹が後ろを振り返る。一瞬、目が合ったかと思ってしまった。けれどそんなことはない。健二は息を呑み、ふたたび身を伏せた。

美樹はベッドのほうに戻ってくる。ショーツと、細い足首が近づいてきて、ふたたびベッドに座った。健二も美樹も、お互いに息がまだはぁはぁ、と苦しい。

やがて、着信音が止まった。美樹が電話に出たようだ。

「……うん」

ブラジャーがはらり、と、床に落ちる。

「……わかってる」

ショーツを脱いだのが見える。

「……大丈夫、ひとりで行く」

うん、わかった、と言って電話を切り、床に落ちた下着を二枚手に取り、美樹はバスルームへと入っていった。

このチャンスに部屋に出て、バルコニーから部屋の外に出よう。健二はベッドの下から這い出した。シャワールームのドアが透けているのが見えて、思わず足が止まる。けれどそんなことをしている場合ではなかった。今すぐに、部屋から出ていかなければならない。それなのに、健二はどうしてもシャワーの音に吸い寄せられてしまう。

シャワーの音が一瞬で止み、美樹はすぐにバスタオルを巻いて出てきてしまった。結局、健二はまたすぐに身を隠した。

美樹は洗面所ですぐにメイクをしはじめた。バルコニーに出ていくチャンスを上手くうかがわなければならない。

肩ひもの細い白いワンピースを着て、全身を鏡でチェックする。それから口紅を手に取り、唇からはみ出さないように、丁寧に塗っていた。そして指で口紅をなおす。

ウェイブさせた髪。くっきりひいた口紅。少女のような可憐な姿でありながらも、これまでとはまったく違う、大人びた姿だ。赤い口紅に、ドキリとさせられてしまう。これまでよりもさらに落ち着かない気持ちになってしまう。早くこの部屋を出ていかなくてはならないのに、健二は美樹のそのしぐさのひとつひとつにくぎづけになり、動けなくなっていた。

美樹はベッドの上に放り投げてあったバッグを掴み取り、部屋を出ていこうとしていた。健二もようやく出ていこうと動きかけたとき……廊下の向こうから激しい足音が聞こえてきた。

佐原だ。

健二は動転し、先ほどと同じようにベッドの下にもぐり込んだ。

佐原が部屋に入ってきた。

「どこ行くの？」

佐原はおそらく、美樹の腕をぎゅっと掴んでいるのだろう。

「約束したろ」

佐原の声は静かだ。けれど、ただならぬ威圧感を放っている。

「離して」

美樹の感情のない声と、佐原を振り払う肌と肌のこすれる音、遠ざかっていく足音が聞こえた。

佐原は部屋にひとり、残されていた。

——走った。健二は雨の海岸を、ただひたすら走っていた。髪も顔も汗だく。Tシャツもズボンもずぶ濡れだ。

美樹はどこへ行ったんだ。

無事なのか？

電話の相手は誰なんだ？

身体に、何か腑(ふ)に落ちない感触がある。

それに……。

どうして俺は何もできないんだ。

はぁっ……はぁっ。

浜辺とプールをへだてる椅子席に、腰を下ろした。荒い息をしていると、アラームが鳴った。取り出してみると、五時前になっていた。

『十七時　綾と食事　駅待ち合わせ』と、出てくる。

いけない。綾を迎えに行かなくては。


離して、と、佐原を振りほどいて走った。こんなことは初めてだった。美樹は必死で、若い彼に会いに行こうとしていた。けれどお金を持っていないことに気がついて、美樹はホテルへ戻ってきた。

そもそも美樹は佐原にお金を持たされていない。まるで小さな子どもみたいだ。大学へ通うときは必要最小限の交通費とお昼代を持たされているだけ。これまではそれでもとくに不自由もしていなかった。


今、佐原に会いに行ってお金をもらうわけにもいかない。でも、部屋に戻れば、もしかしたら行けばお金の置いてある場所ぐらいわかるかもしれない。そう思って戻ってきたけれど……。佐原に見つかったら、閉じ込められてしまうだろう。

さっき電話で、彼には遊園地に来るように言われていた。彼が、雨の遊園地で待っている。すぐに行かなくては。

焦る気持ちをこらえて、とりあえずホテルに戻ってきたところ、あの男が駐車場に出てきた。小説家だと言っていた清水健二だ。出かける格好で、停まっていた黒塗りのハイヤーに乗り込んでいく。

「すいません、遅くなりました」

健二はハイヤーの運転手に言った。

「いえ」

「じゃあ向かってください」

「向かう先は……」

「はい、駅で……」

健二が駅にお願いしますと告げようとしたとき、美樹は前のドアを開けて、運転手の隣の席に滑り込んでいった。

「どうしたの……？」

健二が驚いた顔で美樹を見ている。美樹も慌てて乗り込んでいったまま、心臓がドキドキしていた。言葉も出なかった。

「……どこか、行きたいところがあるの？」

健二が後ろから尋ねてくる。でも、座席には、沈黙が漂っていた。運転手も困惑して、健二と美樹の顔をかわるがわる見ていた。

「出して」

美樹はそれだけ言うのが精いっぱいだ。

「かしこまりました」

運転手がギアを入れ、ふたりを乗せたハイヤーが、ホテルを出発していった。

海沿いのカーブは、ハイヤーが進む音、そして雨の音と、蟬の声で満ちていた。

「喧嘩でもしたの？」

後ろの席から、健二が美樹に尋ねてきた。でも何と答えたらいいのかわからなくて美樹は何も答えなかった。

「まあ、若いのにあんな場所に何日もいたら、飽きて苛つくのもわかるよ」

健二がふっと笑う。でもきっと、間を持たせるために、とりあえずこんなことを言っているだけなのだろう。美樹はなんだか、彼の言いたいことがわかる。この男には、何も言わなくてもいいだろう。なんとなく、この男なら何も言わなくても許してもらえる気がする。

美樹はぼんやりと、窓の外に広がる海を見ていた。

「あの人は……きみの連れは、何をやってる人？」

健二が聞いてくる。

「何って？」

海を見たまま、美樹は尋ねた。

「仕事」

「よく知らない」

佐原と、仕事の話などしたことがないし、美樹も関心がない。

「お金をキャッチボールしてるって言ってたけど」

「……投資家か」

健二が、美樹の後頭部をじっと見ているのを感じる。

「タレント、才能っていう言葉、どこから来たか知ってる？」

健二はまた、声をかけてきた。

数日前から同じホテルに泊まっている、健二というこの客は、自分の言うことを聞く。美樹はわかっていた。佐原も、美樹と出会った十年ぐらい前は、あんな目をしていた。なんでも美樹の言うことを聞いていた。それなのに、今は……。

「ギリシャの通貨、タラントンから来てる。聖書の中にその話があるんだけど、ある人が旅に出るときに、三人の部下にお金を預けるの。ひとりには五タラントン、別のひとりには一タラントン。旅から戻って彼らに預けたお金のことを聞くとね……」

健二が何を話しても、美樹の頭には入ってこなかった。とりあえず、さっきからずっと、窓の外を見ていた。遊園地にはまだつかないのだろうか。こんなにひどい雨で、ただでさえあんなに閑散としていた遊園地が、開園しているのだろうか、ちゃんと待っていてくれるだろうかと、不安になる。

「僕が言いたいのは、彼はお金が好きなわけじゃないんじゃないかってこと」

健二が話の方向を変えて話してきたけれど……。

「奥さんにもそんなにいっぱいしゃべるの?」

美樹は、わざと嫌味な言い方をしながら、後ろを向いた。この顔は健二が望んでいる表情ではない。そんなことは美樹もわかっている。口を歪めたような顔つきをして、後ろを向いたのだから。

健二は失望したような顔で美樹から目を逸らし、バックミラーに目を向けた。運転手も、美樹と健二、両方の顔をちらっと気にして困ったような顔をしている。

「とりあえず、どこに行けばいいのか、教えてくれないかな」

健二は美樹に言った。でもまた美樹は窓の外を向いた。ハイヤーは海沿いの道を走り続けていた。

「あっち」

美樹は運転席のほうへ身体を乗り出し、向かう方向を指さした。

数日前、佐原と美樹が訪れた遊園地に、ハイヤーはすーっと滑り込んだ。

「ここにいて」

ハイヤーから降りた美樹は、健二を強い目線で鋭く睨みつけてから、遊園地の中に入っていった。


美樹は、小学校、中学校、高校、と、友だちができなかった。女友だちは話しかけてこなかったし、目立つ男友だちが最初のうちは話しかけてきたけれど、すぐに離れていってしまった。よく言えば孤高の人、でも単に浮いていただけだ。教師も最初は心配していた。けれど次第に腫れ物を扱うようになっていった。

やがて、両親の家に遊びに来ていた佐原が、美樹を撮影させてくれというようになった。そして美樹を自分のもとへと連れていった。美樹もそれでいいと思った。大学に通わせてくれているのも佐原だ。

大学でも、学部のみんなは美樹を遠巻きにしていた。でもそんな中で、彼だけは普通に話しかけてきた。同い歳の彼が、ごく普通に。美樹にとってはそれがとても新鮮だった。

ねえ、ノート見せて、とか、サークル入らないの？　とか、ごく平凡なことだった。そこから友だちになって、携帯の番号を教え合って……と、彼は美樹にとって初めての友だちだった。

そのうち、キャンパス内では彼と過ごすようになった。学校に到着すると、彼が美樹を見つけてやってくる。教室や学食で、いつも彼と美樹の座る席は決まっていたし、周りの生徒たちも「あそこはあの子たちの席」という目で見るようになってきた。

佐原といるより、彼と一緒にいたほうが楽しい。つまらないことでも笑い合えたり、肩を叩き合えたりする。学生なのだし、このまま平凡な恋人どうしになってしまえばいい。それはよくわかっている。

佐原の家を飛び出して、ひとり暮らしをしている彼の家に行ってしまえばいい。実家の両親のもとに帰ったっていい。いずれにしても簡単なことなのに、どうしてしないのだろう。結局、自分は佐原のもとを出たくないのだろうか。

そうじゃない。美樹がいなくなるのが怖いのは、佐原のほうだ。臆病な佐原が、美樹を縛りつける。

でもその佐原の恐怖こそが、美樹の恐怖だ。

こんなのおかしいと、美樹も佐原もわかっているのに。


ここにいて。

美樹に言われた通り、健二はハイヤーの中で待っていた。けれどしだいに、美樹がちゃんとここに戻ってくるか心配になってきた。

「すみません、待っててください！」

健二は運転手に言うと、ハイヤーを飛び出した。

美樹はどこだ？

あちこち探しながら、健二は美樹が先日、佐原と楽しそうに入っていったゲームセンターのある建物にたどり着いた。中をぐるりと歩いていると、プリクラの機械のある一角に、美樹がいるのを見つけた。チェックのシャツを着た若い男と、深刻な顔で話している。あれは、ホテルのプールコーナーにやってきた彼だ。電話をかけてきたのも彼なのだろう。佐原とはまったく雰囲気が違い、すらりと背が高く、ストレートの長めの髪をしている。それ以外は敢えて特徴のないごく平凡な彼と、美樹は困り果てた顔つきで話し続けている。

しだいに彼は声を荒らげ、だんだんとふたりは言い合いになってきた。そして彼が美樹の腕を掴んだ。佐原にも怒鳴られたり腕を掴まれたりで、この彼にもこんなふうにされて……。健二は美樹がなんだか痛々しくなってしまう。

「ふざけるなよ！」

ついに彼が美樹を怒鳴りつけた。

「……ごめんなさい」

美樹は彼を振り払い、走り去っていく。

まずい。

健二は急いでハイヤーに戻った。どうにか美樹より先に戻れた。やがて美樹が戻ってきて、今度は健二の隣の後部座席に乗り込んできて、バタンとドアを閉める。

「出して」

けれど、どうにかそれだけ言う。

ハイヤーは静かに走り出した。


海沿いの道は、雨と霧に煙っていた。林道にさしかかったり、険しい崖にさしかかったりと、このあたりは景色が目まぐるしく回っていく。

「そっち。止めて」

緑深い道に入ったところで、美樹が運転手に声をかけた。ハイヤーが止まった途端に、美樹がドアを開けて雨の中に出ていった。そこに張ってあったロープを越えて走っていく。その先は、切り立った崖だ。

「危な……！」

健二もハイヤーを飛び出して追いかけた。岩の上が走りにくいのか、美樹は白いサンダルを途中で脱ぎ捨てて、さらに勢いよく、海に向かって走り出す。美樹は激しい風に吹かれてふらついていた。そして、むき出しになった崖の上に立った。

「待ってくれ！」

追いかけていきたい。けれど、そのまま崖の下に飛び降りてしまうと恐ろしいので、一歩ずつ、慎重に近づいていこうとした。

「来ないで！」

美樹が振り返って、健二を拒絶した。あまりの勢いに、健二はびくりと踏みとどまる。ふたりは数メートル間をあけたまま、その場で見つめ合った。

「う……」

美樹ははらはらと涙を流しながら、崩れ落ちる。

健二は静かに歩み寄っていき、美樹の肩にそっと手を添えた。そのむき出しの肩は、あまりにも無防備だった。

肩が、触れていた。

肌が、触れていた。

近くにいる。

これまででいちばん近くにいる。

美樹の鼓動を、感じていた。

ひんやりとしているのに、あたたかい。

硬質なのに、やわらかい……不思議な感触だった。


ハイヤーの中で、健二はずっと美樹の肩を抱いていた。美樹は健二の腕の中にいた。

ハイヤーは、もうすこしでホテルに到着する。

このまま時が止まればいい。永遠にこのままだったらいい。けれど、そうでないことはよくわかっている。

ホテルのロータリーに、ハイヤーはすーっと滑り込んだ。ドアが開いても、美樹はすぐには降りようとはしなかった。

ひと呼吸おいて、一度健二の顔を見た。

黒く、大きな、つぶらな瞳が健二を見つめる。

それぞれの思いが交錯する。

けれど、美樹は振り切るようにドアを開け、ハイヤーを駆け降りていった。

美樹は、片方の靴を手に持ち、走っていた。

佐原は、ホテル前の浜辺にいた。岩の上に雨に打たれながらうつむいて座っていた。

夕暮れに海は波立ち、しだいに暗くなりつつある。

美樹は、佐原に静かに近づいていった。そのことに気がついているはずの佐原だが、気づかないふりをしている。美樹は佐原の背中にとん、と額をつけ、寄り添い、腕をからませた。佐原は怒りを隠し、ゆっくりと振り返る。その顔つきは、能面のように無表情だ。

佐原は両手で、美樹の頬を挟み込んだ。その手の力がどれだけ強いか。それは、ホテルの玄関から見ている健二にもわかった。

助けに行きたい。

でも今ここで健二が浜辺に向かって走り出したら、よけいに恐ろしいことになることは明らかだ。健二ができることは、何もない……。

ザ――――。

健二の耳には、ただ風の音だけが聞こえてきた。

部屋に戻って、健二はパソコンに向かった。メガネをかけ、濡れてしまったジャケットを窮屈に脱いでキーボードを打ち始める。

健二のむき出しの手を、白いシャツを着た手が伝ってくる。
誰？
ベッドで眠っていた健二が、その手を握ってみる。
顔を上げると……美樹だった。
美樹……。
美樹は窓際に、黙って立っていた。
美樹が静かに、顔を上げる。
窓際の美樹と、ベッドに眠ったまま目を閉じる健二と……。

ひっ。
健二は首筋に右手を当てたまま、目を閉じた。
窓際に立っていたのは美樹ではなく、佐原だ。
佐原は、健二の喉元にカミソリの刃を押し当てて笑っていた。
ヒッ。

健二は飛び起きた。

「夢見た？」

佐原が尋ねてくる。

はぁっはぁっはぁっはぁっ。

息が苦しくて、声が出ない。

「……見……た」

首筋に手を当て、どうにかそれだけ言うことができた。

「どんな夢？」

「……首を落とされた。ギロチンで」

はぁっはぁっ。びっしょりと冷や汗をかいている。

「夢ってのはね。目覚める直前に、脳が勝手に話を作っちゃうんだよ」

勝手に、夢を……。

「冷たい金属を当てただけで」

佐原はフッと笑い、いったんは離していたカミソリを、もう一度健二の首筋に当てた。

健二も、放していた手をもう一度自分の首筋に当てる。

はぁっはぁっはぁっはぁっ。

健二の息が漏れるのと同時に、どこかに置いてあったスマートフォンが着信した。

え？

健二は飛び起きた。

その音はどこで鳴っている？

いや違う。健二は机でパソコンを打っていた。

どういうことだ？

健二はハッと我に返った。くわえていた鉛筆を口から離す。顔は汗でびっしょりだ。手に取ると『18時41分　着信がありました』と入っている。

そういえば、五時に綾と約束があったのに、何をやっているのだろう。ハイヤーに美樹を乗せて出かけて、その上またホテルに戻ってきてしまって、いったい自分は何をやっている？

着信を見ると、やはり名前は清水綾、だ。五時前から、十分おきぐらいに不在着信が入っている。

急いで綾に電話をかけてみた。けれどつながらない。

どうしよう……。

一瞬考えたものの、もうどうするわけにもいかない。健二は電話を切ってパソコンを打ちはじめた。

それからしばらくして、健二はプールサイドに降りていき、チェアに横たわった。

謝ろう。そして急いで迎えに行こう。

そう思っていた。

でも、あれから何度電話をかけても、綾は出てはくれなかった。すぐに迎えに行って謝らなければ。とはいえどこに迎えに行けばいいのかわからない。健二は綾が担当している七十二歳の作家が、なんという名前で、どこで仕事をしているのかも知らない。そもそも、綾のことなど何もわかっていないのだ。

今また自分たちの八階の部屋を振り返ってみたが、窓は暗かった。そして綾は戻っていない。

やめよう、と思いながらも、視線を下ろしてみると……。一階の佐原たちの部屋から、光が漏れ出しているのが見えた。健二はチェアから立ち上がった。やめるべきだとはわかっているのに、佐原の部屋のバルコニーの、植え込みに近づいてしまう。

美樹は白い大きめのシャツを着て、ベッドに横たわっていた。その様子を、健二はじっと見ていた。

「おい」

佐原が部屋に入ってきて美樹を呼んだ。いつものように美樹を撮影しようとしてはいない。けれど、苛立っているのだろう。突然荒々しく近づいていったかと思うと、美樹の手首をぐいっと掴むようにして引っ張り上げた。その手には、ポケットから取り出されたカミソリが握られている。

「おまえ、俺を殺したいと思ってるんだろう?」

尋ねられたが、美樹はちらりと佐原を見て、ただ顔をしかめただけだ。すると突然、佐原はぐいっと美樹の手を引き起こした。そして手にカミソリを握らせた。

「やってみろ」

美樹は怯えた顔つきで、けれど抵抗することはなく佐原の目を見ている。その姿は従順な人形のようだ。

佐原は、カミソリを握らせた美樹の手を、自分の首筋に当てた。そのままふたりはじっと、見つめ合っている。

「……っ！」

美樹は突然佐原の手を振りほどき、めちゃくちゃに振り回した。

「うっ！　ううっ！」

正気を失ったように、何度も何度も激しく、まるで指揮者のように振り回す。着ていたシャツも、そのままはだけていた。そんな美樹を、佐原は哀しげに見ていた。

どれぐらい美樹はそうしていただろうか。やがて泣きながら、手を止めた。

「貸してみろ」

佐原は片方の手で美樹の顎（あご）を掴む。哀しげに、なおかつ愛おしげに、何度も美樹の前髪を撫でた。そして今度は、美樹の手首にカミソリを当てた。

「みんなカミソリはなあ。喉を切ると思ってるんだよ」

佐原は美樹の手首に、カミソリを押し当てていた。

そしていつのまにか、健二が美樹の前でカミソリを握っていた。今、美樹を切ろうとしているのは、佐原ではなく、健二だ。

え？　どういうことだ？

健二はうろたえていた。

これじゃあいけない。

間違っている。

なのに……。

そして健二はふらふらと自分の部屋に戻っていた。


ひどく疲れた一日だった。

部屋に戻ってきた健二は、服もずぶ濡れで、力も尽き果てている。健二はとりあえず、シャワーを浴びた。カーテンが閉じられた室内は真っ暗だ。とりあえず、テレビをつけてみた。関心のない夜の番組が室内を照らしている。けれどテレビを見る気にもならず、リモコンのボリュームを下げてみる。

ベッドサイドにあったメモを取り、鉛筆をくるくる回しながら、今思い浮かんだことを書き出そうとした。けれど、思い浮かんだことはすぐにどこかへ消え去ってしまった。

今度はパソコンを立ち上げてみる。メガネをかけ、文章を書き出そうとする。

けれど……。

結局集中できずに、手が止まった。

と、そのとき突然、テレビのニュースの画面が明るくなった。ミュートにしてあったテレビのボリュームも突然大きくなる。

『今日午後、伊豆市で、二十代の身元不明の女性が何者かに刃物で刺されて死亡する事件がありました……』

なんだって？

健二は恐怖で顔をひきつらせた。

テレビに映っているのは、ホテルの佐原たちの部屋だ。

『遺体が発見されたとき、女性はベッドの上で血を流して倒れていたとのことです。女性は付近の病院に搬送されましたが、すでに意識なく死亡が確認されたとのことです』

と、シートをかけられた部屋が映されている。

美樹はベッドの部屋に仰向けで眠っていた。あの白いワンピースで。その細く、長い腕と腕をまっすぐに伸ばして。そして、美樹の身体の上には、綾の麦わら帽子が置いてある。

健二は恐怖におびえた。

テレビに近づいていき、画面に触れてみる。

嘘だ、絶対に嘘だ。これは現実ではない。

麦わら帽子を探した。今日綾が出がけに探したけれど、なかったあの帽子を。あれはたしかにこの部屋にあるはずだ。

どこにいった？

机のひきだし、クローゼット、洗面所、ベッドの下、シーツまでもはがして探してみた。でも、どこにもない。

健二はベッドに座り込んだ。


そして健二は、部屋を飛び出した。

雨の外を走っていると、恭子がほかの従業員と傘をさして走ってくるのが見えた。

「すみません……」

健二が近づいていくと、恭子が傘をさしかけてくる。健二は自分でも思ったより気が動転しているようで、声が上ずっていた。

「はい？」

恭子は、部屋の中から来たのに、妙に汗だくで息の上がっている健二を見て、不思議そうな表情だ。

「あのカップルいますよね？　初老の男性と若い女性の……」

「え？」

「……ちょっと心配なことがあって」

「心配って？」

「あのふたり、いつからこのホテルに泊まってるんですか？」

「申し訳ございません」

恭子は後ろにいる従業員と顔を見合わせた。

「ほかのお客さまに関することはちょっとお伝えしかねますが……」

ふたりともほかの宿泊客のプライバシーを聞かれ、困惑の表情だ。

「ああ、すみません……」

健二は向こう側にいる従業員にも「失礼しました」と、頭を下げ、困惑しながら後ずさりした。


俺はどうかしちゃったのか？

おかしくなってしまったのか？

部屋に戻った健二は、鏡を見て自分の顔と向かい合っていた。そこには髭面で、目の下にくまを作った、三十九歳の自分がいる。

ふと机の上を見ると、綾の仕事道具が置いてあった。これまで、綾がどんな作家と仕事をしているのかなど、気にしたことなどなかった。積み重なったファイルを手に取ってみる。

『平野幸田（四十二）夢見るテレーズ』

これから出版される単行本の、カバーの色校正だ。

平野？　これは綾が今通っている作家か？　その記事を凝視してみる。『待望の初長編ミステリーに挑戦』と銘打ってあるのは、実にハンサムな作家だ。

「この作家のどこが七十二だよ！」

健二は机にバシッと叩きつけた。綾が嘘を？　いったいなんのために？　この作家に会うために嘘をついてここに宿泊しに来たのか？

「ええ？　本当に？」

と、そのとき、窓の外で聞き覚えのある声がした。

綾？

バルコニーに出てみると、アハハハ、と、綾の楽しそうな笑い声が聞こえてくる。

「飯塚のオヤジ、ヒッピー崩れだな」

そしてその声は、佐原？

「何それー」

笑い声はやはり綾だ。

「表は居酒屋なのに、中はレゲエっぽいですよね」

「でもあそこのカレー、けっこうおいしいんだよ」

綾と佐原がふたりで話している？

どういうことだ？

ふたりで飯塚の店に飲みに行ったということなのか？

だいたい、ふたりともあんなに明るく話している様子が妙に不自然だ。

とにかくふたりのもとに向かおう。上着を着て急いで着替えて下に行こうとしていると、部屋のドアが勢いよく開いた。

「ただいま」

綾が戻ってきた。綾は、真っ暗で散らかり放題の部屋を見て、絶句している。

「どうしたの、この部屋。ほんとうにしょうがないわね。いつもとスケールが違うじゃない」

床に落ちている色校正の用紙を、綾は拾いはじめた。

「……今日はごめん」

そんな綾に、健二はただ謝るしかない。

「駅に行く前に先生の家から念のために電話したの。夫に電話がつながらないって言ったらゆっくりしてけって。結局宴会がはじまっちゃった」

宴会をしていたと言うわりには、綾のその口調は硬質だ。

「……悪かった」

「何してたの？」

綾が尋ねてくる。

「何が？」

「今日は何してたの？」

「……何も」

自分でも実際のところ、何をしていたのかよくわからない。

「何もって……ねえ、この部屋、いったいどうしちゃったの？」

綾はぐちゃぐちゃな部屋を見回して呆れている。

「そっちは？」

今度は健二が問いかけた。

「そっちはって？」

綾はクローゼットへと移動していく。

「何してた？」

健二も後を追い、寝室へと行って尋ねた。

「仕事よ」

ほかに何が？　綾は笑う。

「……そう」

「何？　何が言いたいの？」

綾は挑戦的に答える。

「いや、別に。俺が書く側なら、一日編集者にはりつかれたら書けないけど」

健二が実際に作家として編集者にこういう感情を抱いているのは本音だ。一日中編集者が部屋にいたら、原稿など書けたものじゃない。

「……知らないわよ。作家に聞いて」

「毎日来いって言われてるの？」

本来、健二は妻にネチネチ言ったりはしない。結婚してからだって、綾にも一度も言ったことなどない。

けれど……、こんなふうに嘘をついたりする綾は、おかしい。

「毎日来いとは言われてないけど、行かないと機嫌が悪くなるの。ずいぶんとほったらかしですね、って」

綾は紺のカットソーを脱ぎはじめた。そして脱いだ服をひとつひとつ、ハンガーにかけていく。

「やっかいな作家だな……」

「いいのよ、聞き分けのいい物書きもつまんないから」

そして……。

「健二もどんどんやりたいことやればいいのよ」

と、さらに挑戦的に言ってきた。

「綾さ……」

「……ん？」

「……俺の仕事に、いちいち助言しなくていいから」

健二は言った。そして……気になったことを、口にした。

「何してた、あいつと？」

「え？　誰？」

綾はバスルームに移動しはじめた。

「……佐原」

口にしたくもない名前を、口にする。

「……何も」

「何もって……」

健二が尋ねてくる。

「話してただけよ」

下着姿の綾はメイク落としを顔に塗り、化粧を落としはじめた。

「何を？」

「あなたは私に何もかも全部話す？」

綾は振り返り、強い目線で尋ねてくる。健二は何も答えず、じっと綾の顔を見た。

「……健二のこと話してたの」

すると、綾が言ってきた。

「俺の何を、あの男と話す必要があるんだよ？」

健二は不機嫌に尋ねた。

「佐原さんってなんか……すごいね」

綾が含みを持った言い方をする。佐原がすごいとはどういうことだ？　健二は不愉快きわまりない。

「私は何にも言わないのに、全部わかってる感じがした」

「そう言うふりをするのが得意なだけだよ」

そもそも、今、あいつは何をしているんだ？　そして美樹はどうしている？　でも何より、綾と佐原は今、飯塚の店で何を話していたのか。健二としてはそれを先に知っておきたい。

「そうかな……。私はね、健二に対して正直じゃないって言われた」

「正直じゃないって？」

「どういう意味だろうね」

綾は鏡を向いたままで言う。

「綾が俺に何か隠してるって思ってるんじゃないの？」

「何かって？」

「平野っていう作家のこととか」

健二は鏡越しに綾の顔をうかがってみた。けれど綾は健二の顔を見ない。綾は何かまずいことがあったのか、ピアスを床に落としている。

「……そういえば、あの人今日、平野先生の家までついてきたみたい」

「え？」

「佐原さん」

それはつまり、佐原が綾の仕事先についてきたということか？

「あいつはほんとうに恐ろしい奴だよ」

健二は吐き捨てるように言った。

「もういいよ、この話はおしまい」

綾はそう言ってきた。つまり、平野の話をしたくない。そういうことなのだろう。健二としてはごまかされているような気もしたが、五時の約束を守らなかったのは自分なので、形勢が悪くもある。

「ほかに何話した、あいつと」

健二が尋ねると、綾は一瞬黙った。けれど健二が綾の後ろ姿から目を逸らさずにいると、もうごまかせないと諦めたのだろう。綾は答えた。

「健二が佐原さんのこと覗いてたって」

後ろ姿の綾は、下着を脱ぎはじめている。

「それは……」

今度は健二がごまかせず、説明できなくなった。

「リサーチ。リサーチだって、佐原さんには言っておいた。そうでしょ？　本のリサーチでしょ？」

なんだって？　健二は綾にも、佐原にも、腹が立ってたまらなかった。

「本とかリサーチとか、有名作家の妻になることしか興味がないんだな！」

「健二の本はすごいよ！　二作目だって。でも健二は自己嫌悪ばっかり。だからって私に当たらないで！」

綾は全裸姿で健二を睨みつけていた。眩しい肢体の綾が、目の前にいる。

「ファザコンのお嬢さま。生まれて初めて、欲しいものが手に入らない、か」

挑発的に言った健二に、綾はつかつかと歩み寄ってきて思いきりひっぱたいた。そしてシャワールームに立ち去った。

「……くっ……っ」

綾は背中をふるわせて、泣いていた。そんな綾を追っていった健二は……後ろから思いきり抱きしめた。

健二はベッドで激しく綾を抱いた。

綾は声を上げて応えた。

ふたりはもつれ合いながらベッドから床に降りて、窓の側まで行って愛し合った。

健二は綾の首筋にキスをし、綾は健二の肩を噛み……。

ふたりは疲れ果てて、ベッドルームに戻った。綾はやがて寝息をたて、健二は窓辺に行き、月を見ていた。雨が上がり、実に美しい形の三日月が浮かんでいる。入眠剤を飲もうか。そう思ったがやめておいた。やがてベッドルームに戻っていき、眠ろうと目を閉じてみたが……。

ねえ、起きて。

突然、細い腕が、健二を揺り動かした。

誰だ？

綾よりは華奢な腕だ。

この腕は……。

健二が腕の主を探すと、ベッドのそばに佇み、健二を見ているのは美樹だった。

「きみ……」

ちょっと待って。ここは僕たちの部屋では？　綾はどこに？

健二にはこの状況が受け入れられない。

けれど……。

美樹の顔が健二に近づいてきた。しだいに健二も美樹を受け入れ……ふたりの唇が重なった。健二は美樹と重なり合える喜びに満ち溢れる。

なのに、次の瞬間、美樹が健二の頬を引っかいた。

「……ああ」

傷がつき、思わず声が出てしまう。美樹を傷つけたくない。だけど、傷つけたくもある。これはいったいどうしたことだろう。

ふふ。

美樹が笑い、さらに健二の頬に傷をつけようとする。

「やめろ」

健二は美樹を突き飛ばそうとした。すると美樹から奇妙な笑みがこぼれる。

あなたが、あたしと出会った意味は？

ねえ、教えて。

美樹が笑いながら、尋ねてくる。

「やめろったらやめろ！」

健二はさらに美樹を叩いた。美樹から苦痛と喜びに満ちた表情が浮かぶ。

おそろしくなって、健二は美樹の細く白い首をしめた。健二の手が美樹の首に食い込んでいく。

これでは佐原が美樹に対してやっていることと同じではないか。そう思うのに、やめられない。どうしても美樹を損ないたくなってしまう。やめたいのに、いったいどうしたらいいのだろう。

そのうちに、もがき苦しむ美樹の顔が、綾の顔に変わった。

「うわっ」

健二は飛びのくようにしてベッドから床に落ちた。そして慌ててバスルームへと駆け込んだ。

洗面所で鏡を見ると、そこに映る頬に傷はない。

健二がふらふらとベッドに戻ってきた。綾はそんな健二に、さっきからずっと背中を向けて眠っていた。

健二は綾の隣に仰向けで眠り、天井を見上げた。しばらくそうしているうちに、健二もいつの間にか眠りに落ちた。

綾がゆっくりと目を開けたことに、健二は気づいていなかった。

DAY 5

窓から射し込む強い日差しで、健二は目を覚ました。隣を見ると、綾が眠っている。起きた途端に、心臓がドキドキしていた。美樹の唇と重なり合えた感触も、細い首に健二の手が食い込んでいった感触も、はっきりと覚えている。

「今何時？」

綾も目を覚まし、尋ねてきた。

「もう九時十分」

健二は答えた。

「起きなきゃ……」

綾はけだるそうに起き上がり、健二に背中を向けたまま、したくをはじめた。

「食欲ないから、朝食ひとりで行ってくれる？」

「うん……」

健二だって食欲はない。

「また今夜ね……」

綾は健二の顔を一度も見ないまま、結局今日も仕事に出かけていった。行かせてしまっていいのか……。そう思ったけれど、言葉を発する気力も、立ち上がる気力も、なかった。

バタンとドアが閉まった後、眠っている健二の頭に、あははは、という、昨夜の綾が佐原と笑っていたときの声が蘇ってきた。健二がバルコニーから覗いたときに、下を歩いていた綾と佐原。健二が聞いたことのないような、綾の笑い声。

「佐原さんってなんか……すごいね」

佐原を心から尊敬したように言う、綾。

「私はなんにも言わないのに、全部わかってる感じがした」

鏡越しに、化粧を落とす、綾。つかつかと歩み寄ってきて、健二を思いきりひっぱたいた、綾。背中を震わせて、泣いていた、綾。

そうかと思うと……。

「きゃぁぁぁぁぁっ！」

綾が悲鳴を上げた。いや、倒れているのは美樹だ。綾の悲鳴は美樹の悲鳴に変わった。ベッドの上で微動だにしない美樹が眠っていて、そうかと思うとその肉体はやはり綾で……。ベッドの上で目を閉じている綾の身体に、麦わら帽子が乗っていた。

「うわぁぁぁぁぁっ」

健二はベッドから飛び起きた。ぐっしょりと嫌な汗をかいていた。

浜辺に出て、しばらく歩いていた。さっきからずっと、佐原と美樹の姿を探しているけれど、どこにもいない。

メモを取りながらプールサイドに戻ってくると、佐原の部屋の前がざわついていた。水色の制服を着た警察官たちが数人と、ホテルの従業員の男性が数人いる。そして、佐原も出てきた。佐原は私服姿の刑事と難しい顔つきで話しているが、いったいどういうことだ？

「そこになんか影が……ね……」

佐原は刑事に何かを説明していた。刑事はそれを手帳に書き写している。健二はしばらく佐原の顔を見ていた。佐原は健二と目を合わせたが、すぐに目を逸らした。

それから健二はテラスに行き、朝食をとることにした。とはいえ食欲などない。外のテラスでヨーグルトとコーヒーを簡単にとったぐらいだ。

「すみません、お食事中のところ。清水さんでいらっしゃいますか」

と、そこに、スーツ姿の男が声をかけてきた。

「はい……」

「私あの、伊豆署の石原（いしはら）と申します。ちょっとお話うかがってもよろしいですか？すぐ終わりますんで」

男はスーツのポケットから手帳を見せた。やはり私服の刑事のようだ。刑事から話を聞かれる。小説家としてはいい体験かもしれない、と、頭の中で冷静に考える自分がいるのと同時に、刑事に話を聞かれるなんて、いったい何が起こっているのだろう、美樹はどうなったのだろうと、不安な思いが駆け巡る。

「……どうぞ」

とりあえず前の席を指した。

「あ、じゃあ失礼して」

石原は健二の前の席に座った。

「そろそろ休暇も終わりですか？」

「え？」

「一週間、ぐらいですかね？　お休み」

「ええ……まあ」

健二には、妙に腰の低い石原の真意が読み取れない。

「うらやましいかぎりですよ。私なんかこの仕事についてから一週間も休みもらったことないですからね。今さら休みもらったとしても、何していいかわからないし。ましてこんなホテルにずっといろって言われたら、逆にストレスがたまります」

石原がははは、と実にわざとらしく笑った。でも健二は笑えない。

「まあ庶民のひがみですけれども」

もういちど石原が笑ったが、健二は黙っていた。

「失礼ですが、奥さまとですか、ご旅行」

「ええ……」

「ああ、そうですか」

石原はにやにやしたまま本題に入らない。そんな石原の態度に、健二は苛立った。海のほうを見て、指をさして立ち上がった。石原もうなずいた。ふたりは海のほうへと歩き出した。

「差し支えなければ、ご職業を教えていただけますか？」

石原が尋ねてきた。

「会社員です、この秋から」

「秋から？　あれですか、転職か何かですか？」

「あの、それが何か……」

石原がいったい何を言いたいのかがわからない。

「すみませんね、刑事の癖で、なんだかもったいぶっちゃって。いやね、清水さん、あなたのお名前ちょこちょこっとインターネットで調べさせてもらったんですけど

「……小説家でいらっしゃるんですね」

石原のその言い方にさらに苛々する。

「……小説家と言えるほど本を出していません」

「いやぁ立派な賞取って。なんでしたっけ、芥川……じゃなくてちょっと私その辺疎いんですけど、大きな賞じゃないですか。めったに本を読まない私も、なんとなくタイトル覚えてますよ」

「……はぁ」

「小説家っていうのはあれですか？　やっぱり常にいろんなもの観察してアイディアに取り入れようっていう、そういうお仕事ですか？」

「……まあ、時には」

「でも、これからは会社員になると。小説も並行して書かれるんですかね？」

「……まあ、そういう可能性もないわけじゃないでしょうね」

「そんなことってあり得るんですか？」

こちらをうかがうように見てくる。

「そんなことって？」

「いやだから、会社員しながら、小説も書くとか」

「小説家といっても、それだけで食べていける人はほんの一握りで、ほとんどの人がほかの職業を持ってますから」

「そうなんですね……どんな仕事も楽じゃないや」

「あの……」

だからいったい本題はなんなのだ。

「ああ、すみませんね。あのですね。佐原さんって方、ご存知ですよね？」

やはり佐原の話題か。それしかないとは思っていたが……。健二はぐっと警戒した。

「若い女性と一緒にここに泊まっている……」

と、石原は足を止め、声を潜めた。

「……はい」

いよいよ美樹の話だ。これからさらに、何を聞かれるのだろう。

「ここの従業員の、奥さまのお友だち？　っていう方から聞きまして」

「……ああ」

恭子が石原に何を話したのだろうか。

「吸います？」

石原はスーツのポケットから煙草を取り出す。どうしようか、健二は一瞬とまどった。けれど、それが石原の煙草だと思うとあまり飲む気にならない。

「……いえ」

失礼でないように断った。

「じゃあ失礼して」

ライターで煙草に火を点け、ふうっと深い息をつく。やがてふたりは砂浜についた。

そこで石原が、切り出す。

「彼の連れがですね、いなくなりましてね。佐原さんが通報したんですわ」

やはり美樹はあれからどこかへ？　佐原が通報とはどういうことだ？　健二は混乱していた。だが混乱を態度に現さないようにしていた。

「まあこういうのはほぼ九割痴話げんかです。でもまれにね。本物の事件もまぎれてるもんで、私らも何もしないってわけにはいかないもんで……」

「僕に聞かれても……」

健二は慌てて言った。

「いやいや」

石原は手で遮った。

「わかってます。私も長年の勘であなたみたいな人が事件に関わっていることはほとんどあり得ないと思っています」

「……」

むしろこっちこそ、美樹の行方を知りたいぐらいだ。

「でもまあ、接点のあった人にはとりあえず話を聞くのが仕事なんで。まあそういうわけで、今、いろんなところで話を聞いてるんですよ。いろんなとこっていってもこのホテルの中ですけどね。そこでひとつ出てきたのが……清掃員のおばちゃんが、以前あなたが佐原さんの部屋にいるところを見たと」

「……」

やはりあれはまずかったか。

「さっきまで話を聞いてたんですけどね。部屋でお客さんと鉢合わせしたら、ルームキーを見せてもらう決まりらしいんですけど……、あまりに自然にいたもんだから、呑気（のんき）に挨拶しちゃったって。すっかりあなたを信用して二回も入れてしまったって、青い顔してましたけどね、おばちゃん」

「いやあの……それは……」

たしかに……二回も入ったのは、かなりまずい。ここのところ、自分はどうかしていた。

「おばちゃんの気持ちわかるわあ。あなた不法侵入って顔してないもの」

「ですからそれは……」

「もちろん、続きは聞きましたよ。佐原さんは、こう言うんですよ。彼が部屋に戻ったときには、あなたはすでに部屋の中にいたと……」

「あの人がそう言ってたんですか？」

尋ねる健二に、石原は黙ってうなずいた。

「それは違います、信じてください」

必死の形相で迫る健二に、石原は卑屈な笑みを浮かべた。

「清水さん……。これは私、常日頃思ってるんですけどね。どうして何か隠してる人っていうのは、すぐに〝本当です〟〝信じてください〟って言うんですかね。本当のことを言っている人は、たいがいそういう言葉使わないんですよ」

健二は唾を呑んだ。何かを隠してる人はごくりと唾を呑むんですよ。刑事にそう言われてしまうかもしれない。

「これはぜひ次の小説に生かしてくださいね」

石原は意味ありげに笑う。健二は何も、答えられなかった。

それから石原に、ホテルの警備員室に連れて行かれた。そこで見せられたのは、数日に渡って、健二が佐原の部屋を覗いている映像だった。石原は言った。

「覚えておいてください。いつも誰かに見られてますから」

彼の連れ……美樹が、いなくなった。

石原はそう言っていた。

美樹はいったいどこに？

石原が帰った後、健二はビーチベッドの上に腰を下ろした。メガネをかけて脱力し、思いきり脚を伸ばす。ひとまず今、自分にできることをしよう、できることはなんだろう、と考えた。

……けれど、どうしたらいいのか見当がつかない。

「あの子の香りが好きなんだよ。とくに、残り香がね」

いつだったか、ビーチベッドで佐原がそう言った。そんな佐原の姿が浮かんでくる。

佐原はあの後、行こうか、と、健二を部屋に誘ったのだった。そして健二に美樹の写真を見せた。

あれはたしか、健二たちがここへ泊まった三日目、つまり一昨日のはずだ。

いや、でもほんとうか？

佐原が健二にそんな言葉を言ったことなどあったのか？

それは健二が書き出そうとしていた小説の言葉なのでは？

健二の頭の中で、自分が作り上げた小説の世界と現実、さらに佐原が何年にもわたって撮りためてきた美樹の映像の世界が、あれこれ混在されてしまっているのではないのか？　もはやいったい何が真実なのか、健二にはわからなくなっていた。

いつのまにか、もう遅い午後になっていた。

とりあえず自分の部屋に戻ろうと歩き出すと、いつものリクライニングチェアの前に、佐原が座っているのが見えた。

こっちに来なよ。

佐原が手招きしている。佐原はまだホテルにいたのか？　これは現実なのか？　よくわからない。行くつもりなどなかったのに、健二はつい、歩き出してしまった。

佐原はリクライニングチェアから立ち上がった。健二は後について歩き出した。招かれるままに佐原の部屋に入っていく。きれいにメイキングされていたベッドの上には、綾の帽子が置いてあった

なぜ、綾の帽子が佐原の部屋に？

健二は動揺した。

身震いのする思いがし、慌ててその場を立ち去った。

部屋に帰り、もう一度必死になって帽子を探した。けれどやはりどこにもない。放心して佇んでいると……。

ピンポン、ピンポン。

ベルの音が聞こえた。

「清水さま」

廊下で声が聞こえる。

「……はい」

ドアを開けると、ベルボーイがメモを持って立っていた。

「清水さま宛のメッセージが届いております」

「……どうも」

「失礼いたしました」

ベルボーイは礼儀正しく立ち去っていった。

『この前はありがとう。今日五時半に〝IIZUKA〟で会いたい　美樹』

そこには美樹からの伝言が、美樹らしい繊細な文字で書いてあった。

美樹は無事ということなのか。そうであるのなら、早く姿を見たい。佐原の手から救ってやりたい。

健二はそわそわしながら橋を渡り、坂を昇り、IIZUKAへとやってきた。もう五時半になっていた。

「ああ悪いね、まだ準備中なんだ」

と、中から飯塚が出てくる。

「ああ、あんたか」

健二の顔に見覚えがあるかのように、飯塚は目を細める。

「悪い、ちょっとこれ持って」

飯塚は自分が持ってきた皿を、健二に持たせた。刺身が載っている皿だ。

「で、それ、こっち置いてくれる」と、台所を指示した。

「あの……」

質問しようとする健二の言葉を、飯塚は、おたくさあ、と遮った。

「いつまでいるの？」

「明日までです」

「いいなあ、俺もおふくろが元気だった頃はさ、けっこういろんなとこ行ったんだけどな。おたくさ、アフリカ行ったことある？　サバンナ」

「サバンナ？」

「そ」

飯塚はニッと笑う。

「アフリカは……ないですね」

健二は先日の美樹の写真を見ていた。すると、二階から一階を覗き見ている飯塚の母親と目が合った。でも、その母親は目が合うとすぐにひっこんでしまう。

「ないんだ？　アフリカにさ、ライオンの群れあんでしょ。あそこでホントにモテるライオンてのはもう別格に一匹らしいね。で、ライオンキングっつうの？　そのメスがまた同じようにモテないオスのオタクみたいなライオンとヤッてあげてんだってよ」

へへ、と、飯塚は笑った。

「うちの親父とオフクロも、まあそのタイプだよなぁ。親父なんかよ、チビでハゲで金もねぇんだけど、昔、当時ここでコーヒーがまだめずらしかったときに、親父がコーヒー注ぎながら言ったらしいんだよ。苦いって哀しいよね、みたいなこと」

こんどは健二の顔を見てハハ、と笑う。

「ライオンキングか、おもしれえな。俺も一回アフリカ行きたかったたな。死ぬまでに一度行ってみたかったんだけど」

もはや健二はどうコメントしたらいいのかわからない。ちらちらと美樹の写真を見ながら、飯塚の話を適当に聞き流していた。

「で、何？」

飯塚は突然、健二のほうにやってきた。そして突き放すような物言いをする。健二は何を言うべきかしばし考えた末、壁にかかった美樹たちの写真を指さした。

「この子、昔、ここに来てた子、来ませんでしたか？」

「え？　その子？」

はい、と、健二は頷いた。

「来ませんでしたって、どこに？」

「ここに」

「ここって、ここに？」

「はい」

健二は汗だくになっている。

「何あんた、探偵かなんか？　警察って顔じゃないしね」

飯塚は健二の顔をじっと見た。今日の健二はグレーのよれよれのTシャツに同じような色のパーカーとやはり同じような色のだらしないパンツ。無精髭をはやし、どう見ても探偵や警察には見えないだろう。

「いえ……彼女の知り合いで、五時半にここで待ち合わせしてるんです……」

それ以上は、言葉に詰まってしまった。

「何がしたいの？」

「……」

何がしたいか、と言われても……。

「話してごらんよ」

飯塚は健二のほうにぐっと身体を寄せた。

「彼女を探していて……」

「ふーん」

もともと言葉もうまくないし、これ以上何とも言いようがない。

飯塚は健二の顔をまじまじと見ている。

「こんなに探されるなんて、なんて女なんだろうね」

ふう。飯塚は柱に腕を組み、ため息をついた。

「え？」

「彼女の親も、何度も探しに来たよ、男と出てったから」

「親？」

健二が尋ねると、飯塚はうなずいた。

「……彼女は自分の意志で家を出ていったんですか？」

「いや誰の意志かは知らないよ。あんた知り合いなんだから、自分で聞けばいいじゃない」

「……すいません」

健二は混乱し、出ていこうと向きを変えた。すると今度は飯塚の顔が優しくなる。

「ああ、いいよいいよ、まださ写真あるかもしれないから。探してく？　上、二階。どうぞどうぞ」

こっちに来なよ。飯塚は声をトーンを高めて手招きをすると、二階への階段を上がり出した。飯塚について、健二は階段を上がりはじめた。さっき母親が健二をチラチラ見ていた二階だ。

「あんたさ、今、三毛猫のオスが絶滅しそうになってんの知ってた？　だもんだから、今人間が一生懸命繁殖させようとしてんだけど。でもさ、そうやってヤられてるオスはさ、もう何にもしなくてもうまいもん食って、ね？　ばんばんヤれるもんだから、どんどんどんどんバカになっていくんだよ。んーって、んーって、んー……。出っぱなしよ」

飯塚は畳に座ってダンボールの中のアルバムを出すと、べーッと舌を出している。

健二はすっかり疲れてしまい、適当に聞き流していた。

「もうあれバカ殿だね、大奥の。だからやっぱオスっつうのはさ、食うとかやるとかに少々努力でもしないとバカになるってことなんだよ……」

それからも、オスっていうのはどうだとかこうだとか言っていた飯塚は、ふう、と、ひと呼吸置いた。

「でもまさか……あの子の親も、親友に裏切られるとは思ってなかっただろうね……」

「親友？」

健二はまじまじと飯塚の顔を見た。

「ねえ？　油断もすきもあったもんじゃないね」

飯塚が見ているアルバムの写真は、モノクロだ。昭和の古き良き時代の写真のようだが、飯塚の幼年時代だろうか。

「あの男と、彼女の両親は親友だったんですか？」

声が……震える。佐原は美樹の両親と友だちだったのか？　その友だちの娘を、手にかけようと？

「その親友が、帽子取りに来たよ、さっき」

佐原が？　ここに帽子を？　健二はわけがわからなくなり、あちこちを見回した。

「でもあれだねえ、男っつうのは落ち着いた生活したいって思ってるのに、なんでかそういう面倒くせぇ女とか、振り回されるような女に追いすがるって、それ、オスの習性なのかね」

飯塚はアルバムをさっきとは別の箱にしまい、そして健二の顔を見る。

「おたく、どことなくあいつに似てるよね」

飯塚はいやらしい顔つきで、いつまでもへらへらと笑っていた。

健二はホテルに戻った。足早にロビーを横断してエレベーターホールにさしかかると、前方に綾が歩いているのが見えた。その綾の腕を掴んで歩いている男がいる。佐原だ。

三基あるうちの真ん中のエレベーターが止まり、そこに佐原と綾が乗っていく。

どういうことだ？

綾までが佐原の手に？

「待ってくれ！」

健二は走った。エレベーターのドアは閉まってしまった。

「綾！　綾！」

ガンガンガン、ガンガンガン！

上階行きのボタンを連打しても、エレベーターはゆっくりと上がっていってしまう。両隣にあるエレベーターを押しても、そっちは全然違う階を上がっていく。やがて、佐原と綾を乗せたエレベーターは健二の部屋がある八階で止まった。

早く一階に戻ってこい！

ふたたび連打したけれど、エレベーターはなかなか動かない。両隣のエレベーターもだ。

「お客さま、いかがされましたか？」

フロント係が、健二に声をかけてきた。

「……あ」

健二は何とも答えられない。フロント係はにっこりと笑って、いちばん近い階にいるエレベーターのボタンを押した。でもエレベーターはすぐには動かない。健二は階段に走り出した。

「お客さま、来ました！」

フロント係に呼ばれて振り返ると、エレベーターがようやく降りてきた。それは先ほどの真ん中のエレベーターだ。

もしかして……。

開く扉に、緊張が走る。ドアが開き、降りてきたのは、佐原だけだ。

「どうしたの？」

佐原はまるで芝居でも演じるように、ゆっくりと出てきた。

「すみません、戻らなくては」

健二はエレベーターに乗り込もうとした。

「どこ行くの？」

佐原が健二を止める。

「妻のところです。待ってますから」

「ちょっと」

佐原が健二を通そうとしない。

「そんなに急がないでよ。話があるんだ。時間は取らないから」

ものの言い方は穏やかだが、佐原は断固として健二を通さない。健二は恐怖がこみ上げた。

「ここじゃなんだから、いつものプールサイドに行こう」


いつのまにか、外はもうすっかり夜になっていた。

「部屋に戻りたいんです」

健二は言った。

「すぐに済むから」

けれど佐原は、いつものチェアを勧めた。自分もその隣のチェアに腰を下ろし、夜空を見上げている。健二は諦め、自分もその場に座った。

「あの子は成長するにつれて外の世界に興味が向いた。外の世界、僕の向こうにあるもの……いつかそうなるのはわかってた。理解できる。あの子が変わったのは、仕方なかったんだよ」

佐原は自分を納得させるように話し出す。

「変わっていくのは、良いことなんじゃないですか？」

健二は言った。ふう。ひとつ息をついてから、佐原は続けた。

「約束したんだよ。でもあの子は……僕を裏切った」

佐原は、はぁ、はぁ、としだいに荒い息をしはじめ、両手で顔を覆った。いったいどうしたというのだろう。健二と佐原の間に、深い沈黙が走る。佐原は顔から手を離すと、ジャケットのポケットからスマートフォンを取り出した。そして、撮影した動画を健二に見せる。

そこにはいつもと同じように、美樹の動画が映っていた。白いシーツ、白い枕、白いブランケット。そして、穏やかな顔で眠っている、美樹。目を閉じた美樹は微動だにしない。明らかに、死んでいるように見える。スマートフォンを持つ健二の手は、震えた。

「……彼女に、何したんですか？」

健二の声は怒りを増していく。でも何より、恐怖を覚える、佐原はふたたび顔を手で覆った。だが、何も答えずにいる。

「奥さん、今、何をしてるの?」

ようやく、佐原がひとこと言った。

「どういう意味ですか?」

健二は訴えるように言った。

「帽子、あったの?」

逆に佐原が尋ねる。

「あんた、何言ってんだよ?」

健二の首筋に、つーっと冷たい汗が流れる。今日は一日中、ずっと嫌な汗が流れっぱなしだ。

健二はホテルの八階の部屋を見上げた。部屋の窓は、すべて等しく並んで見える。どの部屋も暗く、醜く、形を変えていく……。

佐原を睨みつけた。息が苦しくなっていく。健二はプールサイドから立ち上がった。そのまま佐原をひとり残してホテル内に入っていき、廊下を走り抜け、エレベーターに乗り込み、部屋のドアの前に到着した。ポケットをまさぐり、鍵を差し出して、震える手で何度も失敗しながらキーを開ける。ドアが開くと同時に、暗い室内に転がり込むように入っていった。

「……綾？」

そこはまるで遺体安置場のようだ。

「……綾？」

応答は、ない。足をどうにか進めて、寝室に入っていく。ベッドでは、誰かが眠っていた。こちらに背を向けているので、顔は見えない。その足元には、麦わら帽子が置いてある。佐原が飯塚のもとに取りに来たという、あの帽子だ。

健二はおそるおそる、ベッドに近づいていった。その背中は、呼吸しているようには見えない。その姿が、先ほど佐原に見せられた、まったく動かない美樹を思い出させる。

やがて、健二の視界が歪み出した……。

DAY X

健二と綾は、とあるイタリアンレストランにいた。

「料理もおいしいからね」

綾の上司が、はす向かいに座っている綾に言った。会食なんて久しぶりだしうれしいわね、と、上司の隣にいる同僚の女性がみんなに微笑みかける。

「ありがとうございます」

綾はにっこりと笑った。

「アイスティでございます」

店の従業員が、綾の前にアイスティを置いた。上司たちは高級なシャンパンを開けているが、大きなお腹の綾はアイスティだ。

「じゃあ」

上司が向かい側に座る健二のグラスにシャンパンを注いだ。

「ありがとうございます」

高級なスーツに身を包んだ健二は、にっこりと微笑んだ。

「すいません、うちで書いたわけじゃないのに、こんな席もうけてもらっちゃって」

綾が上司に申し訳なさそうに言った。

「いいんだよ。そんなこと心配しなくて」

上司は微笑んだ。

「じゃあ」

今度は同僚が上司のグラスにシャンパンを注ぐ。

「まあでも次は奥さんの顔を立ててあげてくださいよ」

上司は健二の顔色をうかがった。だが健二は苦笑いだ。

「この人、本当にそういうの駄目なんで……」

綾は言った。

「ちょっとだけ？」

同僚が綾を見て上目づかいで尋ねてくる。

「おいおい、清水くんは駄目だろ」

上司が綾に言った。

「私はこれで」

綾は、かなり大きくなったお腹をさすりながら、上司の顔を見て笑った。

「じゃあ今夜はダブル祝いだな。まずは健二さんの新作の大ヒットを祝して乾杯」

「乾杯」

みんながグラスを合わせた。

「ありがとうございます」

健二がにっこりと余裕の笑みをかわす。今回の作品で賞を取り、いくつかの雑誌やテレビ番組の取材を受けた。あまり表には出ない健二だが、今回は綾に頼まれたこともあり、前回よりはメディアに出ている。

受賞と時を同じくしてふたりの子どもがお腹に宿り、おめでたいこと続きだ。日々は忙しく過ぎていった。

「ところで、芥川直木の候補作、全部読みました？」

同僚が尋ねてくる。

「もちろん読んだよ」

上司が答え、綾ももちろん、と、うなずいた。

「えらい。おすすめってあります？　有力作、どれだと思う？」

同僚が上司たちに尋ねた。健二もその会話に加わろうかとも思ったが、とくに今のところ気に入った作品はない。

と、そのとき。

健二の目に、いくつか向こうのテーブルで今まさに立ち上がろうとしている男性の後ろ姿が飛び込んできた。六十代ぐらいの、紺ジャケットのあの男性は、佐原ではないだろうか……。

「すみません、ちょっと……」

健二はその姿を追っていった。

ちょっと……。

背後で綾の声が聞こえたけれど、健二にもこれが現実の事態なのか呑み込めていなかった。

都会の街並みには、人々が行き交っていた。すぐに追いかけていったのに、その姿をもう見失ってしまった。あれは、目の錯覚だったのか。まさかそんなはずはない。

佐原と美樹。

あのふたりには、あの夏から会っていなかった。

健二も綾も、旅行から帰ってきてから、ふたりのことは何も口にしていなかった。

美樹の事件のことも、ニュースなどで話題にもならない。

ついに健二は、先ほど店の中で目にした紺ジャケットの背中に追いついた。

「佐原さん？」

健二が肩に触れると、佐原は立ち止まった。そしてゆっくりと振り返り、健二の顔を見た。佐原の口元が、一瞬、微笑む。

今は木枯らしの下。けれどその佐原の笑みは、あのプールサイドの真夏の太陽の下での笑みを思い起こさせる。

佐原は、雑踏へと消えていった。

健二も無言でかすかに微笑んだが……すぐに佐原を見失った。

あの夏の旅の後、健二がすべてを忘れたように、今日こうして彼と再会したことも、すぐに忘れてしまうのだろう。佐原も健二と同じように、あの浜辺を美樹と歩いたことなどもう忘れてしまったのだろうか。

けれど……。

あの麦わら帽子はまだ今頃どこかの岩間に落ちているのかもしれない。そして帽子のリボンが、海風にはためいているのかもしれない……。

夏の会話。

僕らが交わした、物語。

しかし、たしかにそこにあったという確信は、どこにも辿りつくことはない。

女が眠る時

While the Women Are Sleeping

2016年2月2日　第1刷

原作	ハビエル・マリアス
訳	砂田麻美／木藤幸江／杉原麻美
ノベライズ	百瀬しのぶ
ブックデザイン	山田知子（chichols）
校正	櫻井健司
発行人	井上 肇
プロデュース	金子 学
編集	熊谷由香理
発行所	株式会社パルコ エンタテインメント事業部 〒150-0042 東京都渋谷区宇田川町15-1 電話：03-3477-5755
印刷・製本	シナノ書籍印刷株式会社

ISBN978-4-80506-162-8 C0095

Printed in Japan